中国文学名家名作鉴赏精华

庾信诗文鉴赏辞典

文学鉴赏辞典编纂中心 编

上海辞书出版社

上海辞书出版社

《庾信诗文鉴赏辞典》

撰稿人：（按姓氏笔画排列）

邓小军　刘文忠　沈维藩　张　巍
陈如江　陈曙雯　范　炯　周　同
徐培均　高　原　郭小小　郭建勋
章尚正　葛晓音　熊　笃

目 录

诗

文

前 言

庾信(513—581),字子山,南阳新野(今属河南)人。他天资聪颖,博览群书,十五岁就被选为昭明太子萧统的东宫侍读,与其父庾肩吾并仕于萧梁。萧纲立为太子后,庾氏父子,以及徐摛、徐陵父子同在东宫担任文学侍从,深得宠信。他们都是"宫体"的倡导者,时人称为"徐庾体"。就在他风华正茂,春风得意之时,遭遇了侯景之乱。当时庾信奉萧纲之命统兵驻守朱雀航,仅仅与侯景叛军打了一个照面,见其人人"著铁面",便弃军而走。台城陷落后,庾信自己逃奔江陵,往依荆州刺史萧绎。萧绎即位后,他曾任右卫将军、散骑常侍,封武康县侯。承圣三年(554)庾信出使西魏,恰逢西魏攻梁,江陵陷落,梁元帝萧绎被杀,他也被留北方。后来庾信历仕西魏、北周,官至骠骑大将军、开府仪同三司,世称庾开府。陈、周交好时,南北流寓之士,许还旧国,唯庾信、王褒,仍被羁留,不得遣返。庾信所作原有集,已散佚,后人辑有《庾子山集》,清人倪璠有《庾子山集注》。

庾信在梁时的诗多奉和陪驾之作,风格绮艳轻靡。入北朝后,虽恩遇优渥,与当朝显贵多有交游,官运亨通,但曾经显赫的士族门第,以及传统的华夷之辨,都让他无法坦然接受自己屈仕异族的尴尬处境。更何况,长久的羁留北地不归，也让他的内心承受着乡关之思的煎熬。因此心中“不无秋气之悲，实有穷途之恨”(《谢滕王集序启》)。于是庾信的暮年所作，在内容上有明显的变化，如《拟咏怀》诗及《哀江南赋》《枯树赋》等，感伤遭遇，并对当时社会动乱有所反映；风格也转为萧瑟苍凉，为后世杜甫所推崇，所谓“庾信平生最萧瑟，暮年诗赋动江关”(《咏怀古迹》)。由南入北的特殊人生遭际和心境，北朝文人无法企及的文化艺术修养和技巧，让庾信开创了绮艳、清新、老成的诗歌风格，极大地拓宽了南北朝文学的境界，也表明南北文学此时真正进入了融通的新阶段。“国家不幸诗家幸，赋到沧桑句便工”(赵翼《题遗山诗》)，在庾信身上，体现得淋漓尽致。

在诗体发展与诗艺探索方面，庾信也颇有创建。如其早年所作《奉和山池》诗：“日落含山气，云归带雨余。”《寻周处士弘让》：“泉飞疑度雨，云积似重楼。”写景状物，锤炼辞藻，谐协声韵，在齐梁新体诗中，也不同凡响，颇具造诣。庾信的不少五言小诗，风格清新，甚至开始创作五言绝句，如《和侃法师三绝》《听歌一绝》等。七绝诗的雏形也出现在其诗作中，如《秋夜望单飞雁》《代人伤往诗二首》。刘熙载《艺概·诗概》说：“庾子山《燕歌行》开唐初七古，《乌夜啼》开唐七律。其他体为唐五绝、五律、五排所本者，尤不可胜举。”可见，庾信的诗歌艺术开唐诗繁荣之先声，承前启后，实有不可磨灭之功。

庾信又擅辞赋、骈文。如其晚年所作的《哀江南赋》，缕叙家世门风、亡国之痛和个人际遇，融抒情和咏史于一体，表达了士族文人在遭逢家国变故之下的特殊心境。此篇另一特色是排比故实，铺陈典故。其他赋作，如《小园赋》《枯树赋》也是如此，有时难免有雕琢和用典太多之累。但庾信以其卓越的才华，运以真情，尤其是在《哀江南赋》中，更能结合时事，铺排典故，营造出悲凉萧瑟的时代氛围，传达出作者内心的伤感苦痛。《哀江南赋》正文前有序，为骈文体，风格与赋相同，皆为北朝文学的名篇。《四库全书总目提要》誉此篇为“集六朝文学之大成，而导四杰之先路，自古及今，屹然为四六宗匠”。

本书是上海辞书出版社中国文学名家名作鉴赏精华系列之一，精选庾信代表作品 51 篇，其中诗 45 首、赋 5 首，铭 1 篇，邀请学者专家为每篇作品撰写鉴赏文章。其中诠词释句，发明妙旨，有助于读者一窥六朝文学名篇的堂奥，欣赏庾子山“凌云健笔”的神韵丰姿。

上海辞书出版社文学鉴赏辞典编纂中心

二〇二四年四月

诗

出自蓟北门行

原文

蓟门还北望，役役尽伤情。
关山连汉月，陇水向秦城。
笳寒芦叶脆，弓冻纻弦鸣。
梅林能止渴，复姓可防兵。
将军朝挑战，都尉夜巡营。
燕山犹有石，须勒几人名？

鉴赏

《出自蓟北门行》属乐府《杂曲歌辞》，魏晋南北朝以来，主要用以描写燕、蓟风物和征战辛苦之意、突骑勇悍之状。庾信这首诗虽是发挥乐府古题的意思，却也融入了自己留居北方后对边地生活的体会，因此与一般的文人拟乐府有所不同。

诗中所表现的不是一时一地的感触，而是对蓟外边塞战争的总体概括。所以一开头就说，站在蓟门北望，每次战役都令人伤情。秦汉以来，关山、陇水、明月，就是无数次战争的见证。诗人的视野突破了时间和空间的局限，由眼前的关山月联想到汉时的关山月，由流向秦代所建城垣的陇水想到自古及今无数人民的呜咽声。（北朝民歌有

“陇头流水，鸣声幽噎，遥望秦川，肝肠断绝”之句，写人民在战争中流离失所的痛苦）“关山”二句不仅对得极工，而且包含了巨大的历史内涵。虽然后来王昌龄的“秦时明月汉时关”比它更简练更概括，但这两句对仗的构思无疑是具有启发性的。

“笳寒”二句写北地苦寒。“笳”即“葭”。天冷草枯，葭芦变脆，弓弦冻硬，在寒风中发出颤音，都是对北地生活体验入微的景物描写。而“笳”与“弓”相对，又在字面上造成胡笳声寒的印象，更增添了边关战争不息的凄凉气氛。

“梅林”二句写领兵打仗的将帅，均用与魏有关的典故。魏武帝曹操曾用望梅止渴的办法暂时解决行军缺水的困难。北魏至北周武将多为复姓。北魏统一前，鲜卑族原来聚居代北。统一后，代北之人迁居河南，皆定为复姓。北周赐姓也多用复姓。又《隋书·经籍志》兵法有《黄帝复姓符》二卷。所以“复姓可防兵”的说法，恰好将典故与魏周的实际情况结合起来，并由秦城汉月的历史回顾转到眼前的战事。“将军”二句直承“复姓”句而来，写将军都尉们早上出去挑战，晚上回来巡营。“朝”“夜”相对，与末二句连读，可看出其中所含的讽意：他们每天忙于战事，胜利后自可勒功燕然，扬名后世。反正燕然山还有的是石头，不知还要刻上多少人的名字才算够？《后汉书》载，窦宪为车骑将军，与北单于战于稽落山，破之。“遂登燕然山，去塞三千余里，刻石勒功，纪汉威德。”结尾借冷然一问，含蓄地指出：自秦汉到北朝，战争不息的重要根源就在于统治者为自己树立威德，将军们追求功名不朽。而全诗对征战辛苦之意和战将勇悍之状的描写，也由此升华到一个新的思想高度。

这首诗利用《出自蓟北门行》这一乐府古题的基本内容，巧妙地借助典故和边塞风物的描写，对秦汉到魏周北方战争无休无止的状况作了历史性的回顾，委婉地批评了热衷于战争的军中将帅，因而能以较高的艺术概括力胜过南北朝众多的同类之作。

（葛晓音）

结客少年场行

原文

结客少年场，春风满路香。
歌撩李都尉①，果掷潘河阳②。
隔花遥劝酒，就水更移床。
今年喜夫婿，新拜羽林郎。
定知刘碧玉，偷嫁汝南王。

注

① 李都尉：即汉武帝时李延年，担任协律都尉，主持制作《郊祀歌》。

② 潘河阳：即西晋潘岳，字安仁，曾任河阳令。他姿容绝佳，以至人们称赞男子貌美时便说“貌若潘安”。裴启《语林》载，潘岳出行时，妇女们向他投掷瓜果表示喜爱。

鉴赏

题目“结客少年场行”属于乐府曲题，《文选》李周翰注：“言少年时结任侠之客，为游乐之场，终无所成，故有斯作也。”北宋郭茂倩编《乐府诗集》将这个曲题收录在卷六十六《杂曲歌辞》中。

“少年场”出自《汉书·酷吏列传》中“探丸借客”之典。西汉成帝永始、元延年间（公元前16—前9年），长安一些豪绅集结少年游侠、亡命之徒和游手好闲者，四处劫掠，受雇杀人。他们用不同颜色的弹丸抽签，来决定每一次行动的职责。长安令尹赏捕捉了几百人,把其中绝大部分坑杀处死,埋葬之处即为“少年场”。长安城中有歌谣唱道:“安所求子死? 桓东少年场。生时谅不谨,枯骨后何葬?”“结客”出自汉末曹植《结客篇》:“结客少年场,报怨洛北邙。”二者结合而成乐府曲题《结客少年场行》。《少年子》《少年乐》《少年行》等乐府曲题均与之同源。

目前所能见到的以此为题的乐府歌辞,和它的起源有所区别,大多以游侠、武者、军人为主题,常见元素有勇武、轻生重义、战场立功等。正如唐代吴兢《乐府古题要解》所言:“《结客少年场行》言轻生重义,慷慨以立功名也。”

庾信的这首诗另辟蹊径。它的主人公是一位善于歌唱和行酒令的女子,可能是出现在士人酒席上的饮妓。春意盎然、花香满路之时,她在满座宾客间游走,正是:“结客少年场,春风满路香。歌撩李都尉,果掷潘河阳。”她的歌声能吸引像李延年这样妙解音律的乐师,看到潘岳那样的美男子就抛掷水果示好。

这位饮妓劝酒,不必靠近宾客,只需“隔花遥劝酒”,她的风姿隔着花丛更添一层娇韵。似乎这次宴饮,是在野外举行的踏青之会。河湖之畔适于游赏,宾客们“就水更移床”,把坐具移到水边,借着水景水音,享受自然之美。

宴饮之余,宾客们不禁要问,饮妓现在风光一时,将来出路又当如何? 有人说,她今年就会有一位“新拜羽林郎”的夫婿,还有人想象力更为丰富,说她会像《碧玉歌》中的碧玉一样，嫁给汝南王这样的达官贵人。

羽林郎一职，《后汉书·百官志》载："比三百石……掌宿卫侍从。"对年轻官员来说，羽林郎职位能够亲近帝王，是较好的进身之阶。末二句中的"刘碧玉"，是乐府曲题《碧玉歌》的来历。唐代杜佑《通典·乐五》："《碧玉歌》者，晋汝南王妾名，宠好，故作歌之。"或因庾信此诗，后人常以为"碧玉"姓刘或夫家姓刘，进而认为碧玉所嫁之汝南王是刘宋汝南王，如五代陈游《乐苑》便持此说。实则目前尚未发现刘宋封有"汝南王"。鉴于《碧玉歌》一说为东晋孙绰所作，汝南王司马亮所处时代与孙绰相近，若此说属实，碧玉当为司马亮之妾。

（郭小小）

怨歌行

原文

家住金陵县前，嫁得长安少年。
回头望乡泪落，不知何处天边。
胡尘几日应尽？汉月何时更圆？
为君能歌此曲，不觉心随断弦。

鉴赏

《怨歌行》系乐府《相和歌辞·楚调曲》名。庾信的这首诗承用旧题，以女子自述的口吻，诉说远离家乡又远离丈夫的哀怨。

开首“家住金陵县前，嫁得长安少年”二句，似乎是纯客观的交代，实际上已饱含了女主人公的深深哀怨。金陵，今江苏南京；长安，今陕西西安。从金陵到长安，对今人来说，或许不算什么，然而古代交通落后，信息传递困难，这段路程便显得非常的遥远。嫁到长安，意味着长别亲人，此其一怨。金陵地处江南水乡，长安濒临黄土高原，风景相殊，习俗各异。嫁到长安，犹如是身嫁异域，此其二怨。若细细辨味，当可发现，女子之怨还不止这两个方面。如果她的哀怨仅仅是因为远嫁他乡，那么，句中就不必出现“少年”二字，所以她还怀有对所嫁之对象“长安少年”的怨恨。这里的“长安少年”并不是泛指，而具有特定的含义。

西汉武帝时，多选良家少年宿卫建章宫，这些人便有“羽林少年”“长安少年”等称呼。乐府《少年行》歌辞，多述他们报国从军、轻生重义、慷慨以立功的名事。此诗中的“长安少年”，当是特指这些英勇杀敌、立功边陲的少年将士。而嫁与这些少年将士的女子，自然只能独守空闺，此其三怨也。

“回头望乡泪落，不知何处天边”二句，诉说远别家乡之怨。远嫁他乡，回归无望，只能通过遥望来慰解思乡之情。无奈举头四望，群山遮眼，无从寻觅远在天边的故乡，为此，她禁不住泪水汩汩而下。按照现实生活的常识，在长安望金陵，无疑是徒劳之举，就她来说，未必不知，然她偏去“回头望乡”，从这一举动中，我们分明可以感受到她心中无法忍受的远别家乡的怨愁。

“胡尘几日应尽？汉月何时更圆”二句，诉说远别丈夫之怨。“胡尘”，泛指中原与北方及西方各少数民族的战事。“胡尘”与“汉月”均以汉事呼应上文的“长安少年”。西汉时，北方和西方的边境颇不平静，自武帝起，便北击匈奴，西征羌人，并设关备胡。长安少年为报国恩，纷纷出塞，转战边地，抵御外敌。然外有征夫，内有怨女，她闺房空守，幽怨满怀，凭栏遥望，却见新月纤纤，毫无团圞之意，不由倍增别夫之愁。战事何时能尽？明月何时能圆？她的内心在凄戚地期待着。

最后“为君能歌此曲，不觉心随断弦”二句，表达出女主人公的无限寂寞与悲怆。此曲,即此首《怨歌行》曲。心中的哀苦无法摆脱,只能填成此首怨曲向君泣诉,一遍遍地弹唱,不觉弦也断,心也碎。弹琴诉怨至弦断,情已非同一般,心亦随断弦而碎,更见沉郁缠绵之至。至此,一个黯然销魂的女子形象跃然纸上。

这首诗语言平淡而质朴,自然而流畅,仿佛自肺腑中流出,完全切合了女子自诉的口吻,极缠绵悱恻、细腻入微地表达出了一个思乡思夫的女子的浓挚悲酸的情感,令人读后为之低回,为之神夺。

我们如果了解了诗人庾信的生平,或许对此诗会有更深的理解。庾信原仕南朝梁,梁元帝承圣三年(553),奉命出使西魏。此时正值元帝的侄子萧詧勾结西魏攻打梁朝,不久江陵沉陷,元帝被杀,梁朝覆灭,庾信只得被迫留在长安。北周取代西魏后,他又被北周留用。在当时,金陵是南朝梁的国都,长安是北朝西魏与北周的京城。因此,我们不难将"家住金陵县前,嫁得长安少年"诗句联系他从金陵到长安的这一段颠沛流离的生活经历。西魏与北周均为鲜卑人所建之国,作为亡国的汉人庾信,寄居其中,自然不无种族之痛,"胡尘几日应尽?汉月何时更圆"便透露出他这种深沉的感慨。由此我们可以看出,这首诗当是诗人借助汉代远嫁之少妇以倾诉自己的陷虏思乡之情。

(陈如江)

舞媚娘

原文

朝来户前照镜，含笑盈盈自看。
眉心浓黛直点，额角轻黄细安。
祇疑落花谩去，复道春风不还。
少年唯有欢乐，饮酒那得留残。

鉴赏

六言诗在南北朝颇少见。庾信诗集中仅二首，此其一。这首诗写一个舞女对镜自怜的情态，却能不伤于艳冶，尤为难得。

前四句是舞女照镜的一个大特写：早晨来到窗前照镜，含着盈盈笑意自我欣赏。少女的朝气和神态的天真均活现纸上。眉心浓浓地点上黛色，额角仔细地贴上轻黄，是当时流行的一种妇女妆饰。轻黄即花黄，额间贴黄，称为黄额妆。“直点”与“细安”写女子妆扮的自信和细致，也很生动。媚是动态的美，高明的诗人不用浓丽的辞藻对女子的眉目作静态的描绘，只是凭本色的叙述，从她脸上灿烂的笑容和细心梳妆的动作写出女子的妩媚。因此诗人笔下的舞媚娘，不是一个妖媚冶荡的舞女，而是一个洋溢着青春气息的少女。

“祇疑落花谩去”句意含混，语带双关：这里究竟是指额上贴好的花黄看去像是缓慢飘过的落花呢，还是以落花比喻女子唯恐年华凋零的心情呢？应当说二者兼而有之，这句才能成为上句“额角轻黄细安”和下句“复道春风不还”之间的过渡语。“谩”字如作“缓慢”解，则落花的字面印象与额间花黄正相应。如作“欺诳”解，疑心落花相欺谩，则将女子惜花的心情写得更为天真。联系“复道春风不还”一句看，就像少女噘着嘴和落花、春风怄气，只疑落花骗了她，一去就不回头，连春风也不再回来了。因此“谩”字之妙就在于利用一字二义，将少女妆成以后的风韵和天真的内心活动一齐揭示出来，与上文中含笑盈盈的情态相协调，从形神两方面活画出这个照镜女子的可爱形象。

当然落花春风一去不归，实际是少女青春不久、红颜难驻的自喻。所以最后以少年及时欢乐结尾，反倒更见出舞女内心的凄凉。感叹青春短暂、盛年难再，宣扬人生及时行乐，是汉魏以来古诗中的一个常见主题。这首诗通过少女晨妆的情态和心理活动来重新表现这一主题，虽然意义并不可取，但人物刻画活泼生动，构思新颖别致，笔致清新可喜，仍有较高的艺术价值。

（葛晓音）

乌夜啼

原文

促柱繁弦非《子夜》，歌声舞态异《前溪》。
御史府中何处宿？洛阳城头那得栖！
弹琴蜀郡卓家女，织锦秦川窦氏妻。
讵不自惊长泪落，到头啼乌恒夜啼。

鉴赏

此诗的写作时间不易确考，但从其情致笔调来看，似是庾信前期仕梁时的作品。其前期所作《荡子赋》有云："新歌《子夜》，旧舞《前溪》。别后关情无复情，奁前明镜不须明。合欢无信寄，回纹织未成。游尘满床不用拂，细草横阶随意生。"可以看出与本诗内容上的关联。又梁简文帝萧纲、刘孝绰皆有同题之作，前者云："羞言独眠枕下泪，托道单栖城上乌。"后者云："忽闻生离曲，长夜湿罗衣。"彼此格调相近，或为唱和，也未可知。《乌夜啼》，刘宋临川王刘义庆首创的乐府曲名。

"促柱繁弦非《子夜》，歌声舞态异《前溪》。"起首二句，以歌曲《子夜》和舞曲《前溪》，陪衬《乌夜啼》之曲。"促柱"，旋紧的弦柱。"繁弦"，指琴瑟上众多的弦。郗昂《乐府题辞》："《前溪》，舞曲也。"一曲《乌夜啼》，弦声嘈嘈，非《子夜》清歌可比，而伴曲所生的歌舞，也与《前溪》迥异——诗中强调《乌夜啼》与二曲的区别,意在引人注目,从而逗出下文。

"御史府中何处宿?洛阳城头那得栖!"上句事出《汉书·朱博传》:"是时御史府吏舍百余区,井水皆竭。又其府中列柏树,常有野乌数千栖宿其上,晨去暮来,号曰朝夕乌。乌去不来者数月,长老异之。"下句事出《后汉书·五行志》:"桓帝之初,京都童谣曰:'城上乌,尾毕逋。……'"讽刺位高贪财的官僚。后汉都洛阳,故云"洛阳城头"。"弹琴蜀郡卓家女,织锦秦川窦氏妻。"上句用卓文君事。据《史记·司马相如传》,卓文君是汉代蜀郡临邛卓王孙的女儿,新寡,喜爱音乐,司马相如以琴心挑之,卓文君便在夜间和他一起私奔。后相如欲纳茂陵女子,文君作《白头吟》以自况,相如乃止。下句用苏蕙事。据《织锦回文诗序》,前秦的秦州刺史窦滔徙沙漠,临行时与其妻苏蕙话别,誓不另娶,后来却自违其言,苏蕙便织锦缎而成回文诗,寄给窦滔,从而使他回心转意。

"讵不自惊长泪落,到头啼乌恒夜啼。"承上二句生发。卓、苏二女都曾被丈夫遗弃,当她们听到乌夜啼时,怎能不惊心落泪?讵,岂。但是,啼叫的乌鸦却不顾这些,总在夜夜哀啼。诗以此收拢,形成了一种不尽的哀伤气氛。

此诗虽然用典太多,造成獭祭鱼之病,使诗情显得浮泛,但其结构上颇具跳荡之趣,却也是值得玩味的。诗开首言《乌夜啼》不同于——其实是高于——《子夜》《前溪》,

次二句却不承上解说有何不同，而一跃到吟咏乌鸦的无处栖宿上去了，再下二句又转写卓、苏二女，越说越离谱，令人摸不着头脑。直待看到末二句，读者才恍然大悟：原来《乌夜啼》的非《子夜》、异《前溪》，正在于此曲有一段催人泪下的悲哀感伤处。然抽象而言"悲哀感伤"，又不是诗的语言，故信手拈来卓、苏二典，以为形象之说明；可凭空而言卓、苏，未免太唐突，故先说乌鸦之栖宿无定，用以比类卓、苏之难以定情；而乌鸦本是诗题中物，由它身上说开去便不显突兀。诗意既如此回环曲折，全诗读来也觉跌宕抑扬、姿态摇曳，这比之平铺直叙，岂不是显得别有妙趣吗？

但这首诗在艺术上更重要的价值，还不在其构思上，而在其格律。清代刘熙载敏感地发现了这一点，指出："庾子山……《乌夜啼》开唐七律。"（《艺概·诗概》）七言律诗在平仄问题上，就每一句而言，要求所谓"一三五不论，二四六分明"，就每一联而言，要求做到"对"，就每两联而言，要求做到"粘"。前者是说每句的偶字须平仄交替出现，以此要求，庾信此诗中"洛阳城头那得栖"和"到头啼乌恒夜啼"二句中的二、四、六字皆当为平、仄、平，而实为平、平、仄（得，古入声），除此二处外，其他各句都合要求。所谓"对"是说，每一联的两句中，相对应的第二、四、六字平仄应当相反，平、仄、平对仄、平、仄，仄、平、仄对平、仄、平。本诗中除上述二句的第四、六两字之外，其他各句也都合要求。所谓"粘"是说，后一联的上句与前一联的下句，相对应的第二、四、六字平仄应当相同，平、仄、平粘平、仄、平，仄、平、仄粘仄、平、仄。就本诗来看，只有第二联和第一联不粘，即“声”与“史”、“态”与“中”、“前”与“处”，平仄不是相同而是相反，除此以外其他各联皆粘。相对说来，律诗对于粘的要求较为宽些，直至唐人，仍有失粘的律诗。所以，总观起来，庾信的这首《乌夜啼》已基本符合律诗的平仄要求。这也正是此诗值得我们珍视的地方。对于文学发展来说，艺术形式也具有非常重要的意义。庾信在七律诗体方面的创造性贡献，为后代诗歌的繁荣，提供了重要的条件，他的功绩是不可抹杀的。

（范　炯）

燕歌行

原文

代北云气昼昏昏，千里飞蓬无复根。
寒雁嗈嗈渡辽水，桑叶纷纷落蓟门。
晋阳山头无箭竹，疏勒城中乏水源。
属国征戍久离居，阳关音信绝能疏。
愿得鲁连飞一箭，持寄思归燕将书。
渡辽本自有将军，寒风萧萧生水纹。
妾惊甘泉足烽火，君讶渔阳少阵云。
自从将军出细柳，荡子空床难独守。
盘龙明镜饷秦嘉，辟恶生香寄韩寿。
春风燕来能几日？二月蚕眠不复久。
洛阳游丝百丈连，黄河春冰千片穿。
桃花颜色好如马，榆荚新开巧似钱。
蒲桃一杯千日醉，无事九转学神仙。
定取金丹作几服，能令华表得千年。

鉴赏

汉末魏初，辽东、辽西为慕容（指鲜卑族）所居，地远势偏，征戍连年不绝。由于乐府民歌的影响，征戍别离之事，行子思妇之情，大量表现在文人诗中。时代风云，文坛风气，使得《燕歌行》这一乐府古题一直为汉魏六朝文人相继沿用，直至唐代还有不少诗人因袭此题。于是，《燕歌行》一题异题纷呈，佳作竞传。据郭茂倩《乐府诗集》著录，就先后有曹丕、曹叡、陆机、谢灵运、萧绎、萧子显、王褒、庾信、高适、贾至、陶翰等同题诗作。

值得注意的是，《燕歌行》在我国古代诗歌史上对七言古诗的发展，起过重大的作用和影响。魏文帝曹丕雅好文学，挥洒“兴到之笔”，写出了“开千古妙境”（胡应麟语）的《燕歌行》。这是我国最早、最完整的七言诗，对后代七言诗的发展有着很大的影响。而上面庾信的这首《燕歌行》则起了承前启后，继往开来的重要作用。

据《北史 · 王褒传》记载：“褒曾作《燕歌》，妙尽塞北寒苦之状。元帝及诸文士并和之，而竞为凄切之词。”这是梁元帝承圣年间（552—554）的事，庾信此篇当亦作于此时。诗起首六句，以苍莽凄怆的笔调，描绘了一幅荒凉的边塞图。“代北云气昼昏昏”两句，写绝域的昏暗和苦寒，平原千里，唯见蓬草飞旋。“飞蓬无复根”，狂风呼啸之势可见。寒雁南飞，桑叶纷落，点明此时正秋风萧瑟，是最容易触发人们感伤怀远的季节。自然环境如此恶劣，而前线战事更令人担心。“晋阳”“疏勒”二句用典：战国时赵襄子为保卫晋阳，曾利用围植在晋阳宫垣四周的荻蒿苫楚，以备足箭矢。东汉大将耿恭曾被匈奴围于疏勒城中，被壅绝水源，乃于城中穿井得水。而目前前线的景况正和他们相反，处于“无箭竹”“乏水源”的极端困境。诗人在景物描写中一步一步透露出思妇由思念到忧愁的心情，进而引出下面四句思妇的直接抒情，托出“良人从役”“妇人怨旷”的主题。良人远戍边地属国，离居久之，音信隔绝，怎不叫人怀念！思妇在辗转忧思中忽发奇想：如果能有鲁仲连的一支箭，为我射到边地去，把亲人叫回来该多好啊！相传战国时，燕占齐国聊城，齐将田单攻聊城岁余不下，鲁仲连乃修书系箭上射入城中，燕将自杀，城拔。庾信活用这个故事，写出思妇一片痴情幻想。当然，这终究是不能实现的，我们的主人公只好从往事的回忆中寻找慰藉。接着四句，回溯到当年夫妇分别的情景：“渡辽本自有将军”，按说，边塞自有那渡辽将军镇守，可是，渔阳的战争阴云压境而来，报警的烽火惊动了宫廷。此时，只好送亲人出征，在那“寒风萧萧”的水边分别，谁知壮士一去兮至今未还！由现实而幻想，又由幻想而现实，情致委曲，一波三折。下接六句，从正面着力铺写思妇与征夫的相思之情。“自从将军出细柳”，“荡子”随将军远去，思妇空床独守。梳妆台上镂刻精致的盘龙镜，是丈夫叙心致诚的信物，如今依然明可鉴形，睹物思人，能不悲从中来！芳馥四溢的麝香，佩之经月，香气不散，却无由寄达亲人，保他去恶辟邪。“明镜饷秦嘉”，用汉代秦嘉与妻徐淑两地相思，以诗赠答的故事；“辟恶生香寄韩寿”，则用晋代贾充女与韩寿相恋、偷奇香相赠的故事。诗中女主人公何尝不像徐淑和贾女那样多情？而良辰苦短，正如“春风燕来能几日”；青春易逝，好似“二月蚕眠不复久”，怎么办呢？还是暂且忘却心中的忧愁，放眼看看这美丽的春光吧！最后八句即景抒怀，以飘逸之笔写怨旷之情。三月的洛阳，百丈游丝映空耀眼，黄河千层坚冰破碎消融；桃花妖艳，美如白毛红点的骏马；榆荚初绽，巧似汉代玲珑别致的荚钱。大好春光岂能白白辜负？不如干一杯吧，沉醉在葡萄美酒之中。或者，闲愁无解时就去炼丹修道学神仙，求得长生不老，像那千年矗立的华表，永葆美妙之青春。

庾信《燕歌行》在齐梁绮靡诗坛中，是独标异格、独步当时的。明代杨慎谓“庾信之诗，为梁之冠绝，启唐之先鞭”（《升庵诗话》）。清代刘熙载也说：“唐初四子源出子山。”（《艺概》）并认为庾信这首《燕歌行》是“开唐初七古”之作。

上文提到《燕歌行》一题，自曹丕发端以来，从魏晋南北朝至唐，代有佳作，为什么刘熙载独独标举庾信此篇“开唐初七古”？

试以庾作与曹（丕）作比较，不难发现庾信一仍曹丕首创的传统，取材一般征夫思妇的离愁别恨，“言时序迁换，行役不归，妇人怨旷无所诉也”（《乐府解题》）。其师匠曹丕，自不言而喻。但庾作又有其卓然超佚之处。

首先，在体制和声调上有很大的发展和创造。曹作限于篇幅，尚不能恢宏开合，庾信则在其基础上，扩而大之，将其两首的规模（“秋风”十五句，“别日”十三句）兼并合用，一变而为二十八句。这就使七言古诗在体制上发展为宜于叙述的长篇巨什，成为一任诗笔纵横开阖的广阔天地。从声调方面来看，曹作承袭柏梁体，逐句押韵，音节不免单调，缺乏咏叹之姿。庾作平仄韵互换，或则六句一转韵，或则四句一转韵，或则八句一转韵，配合诗情抑扬起伏，婉转回环。首六句元韵深沉，状出边塞凄苦荒凉；次四句鱼韵低微，衬托思妇殷殷企盼；又四句文韵轻扬，传出阵阵惊疑；再六句有韵婉曲，描摹郁郁悲怨；末八句先韵飘悠，抒发缠绵旷逸之情。诗的转韵与情景变换密切结合，声情互生，流转自如。整篇而言，此诗抑扬跌宕，悉协宫商，开阖转换，咸中肯綮，大可以与初唐卢照邻《长安古意》、骆宾王《帝京篇》媲美。可以说，唐初七言长体的体制在庾信时已经完备了。

其次，从《燕歌行》这一诗题的内容和格调上来考察，更可看出庾信远远超过其前辈和同时代的衮衮诸公，而逼近初唐四子。曹作的笔致仅仅囿于思妇闺中“忧来思君不可忘”“援琴鸣弦发清商”的狭窄内容，庾的笔触则已伸向边塞，展现“代北云气昼昏昏”的苍莽风光，描述“晋阳山头无箭竹，疏勒城中乏水源”的战地形势，发出“愿得鲁连飞一箭，持寄思归燕将书”的深切感叹，表达了人民强烈怨战情绪和盼望早日结束战争的意愿，诗笔纵横排荡，刚健遒劲，气势阔大。诗中涉及的地名，就有“代北”“辽水”“蓟门”“晋阳”“疏勒”“阳关”“甘泉”“渔阳”“黄河”等，横跨千里，区域辽阔,相比之下,曹作就显得格局狭小,感情柔弱了。

在与庾信《燕歌行》同时代的其他同题作品中,梁元帝《燕歌行》"燕赵佳人本自多,辽东少妇学春歌。黄龙戍北花如锦,玄菟城南月似蛾",是公认的佳构。前人评它"音调始协","巧于用长",称之为"唐体之祖",但终失之于纤弱,依然是贵绮丽而不重气质的齐梁文辞的气派。而庾信的《燕歌行》一反当时文坛的柔靡之音,唱出雄健慷慨的调子,于悲感之中见风骨,这是梁元帝、王褒之辈无法与之相比拟的。也正是这种最可贵的气质,使他的作品一开初唐先声。王、杨、卢、骆有意识地摆脱因袭的重荷,从六朝绮靡文风中挣脱出来,将视线转向广阔的生活,因此,师法在时代上、气质上最接近他们的庾信,则是很自然的了。

最后,从七言歌行体特有的写作要求来看,庾信的《燕歌行》也标志着艺术上的成熟。七言古诗尚铺叙,讲开阖,考究音响浏亮,注意气概神情,追求法度森然,等等。上文已经谈到庾信此篇健笔凌云,写得很有气概,而更可贵的,是它不仅富有气概,而且传出神情,不仅挥洒自如,而又十分蕴藉。诗人把感情隐藏于景色描写之中,委婉有致,情深意远,耐人寻味。如"千里飞蓬无复根",以景语暗喻良人行迹漂泊不定,思妇的百般忧思,尽在不言之中。"寒雁嗈嗈渡辽水",《楚辞》:"雁嗈嗈而南游。"王逸曰:"雌雄和乐,群戏行也。"目送群雁雌雄戏行,思妇能不勾起念夫之情? 而且,庾信不唯气概雄绝,更于情致委折中见出神情。

诗人笔下的思妇形象丰满而有层次:闻说边塞云昏蓬飞、情景荒凉时的怏怏忧郁,目击寒雁南归、桑叶纷落时的盼归情致,得知战地无箭无水的如焚焦虑,长久离居、书信断绝的窃窃私语,祈祷早日结束战争的强烈呼吁,对边将难自为守的疑惑不解,对烽火延入内地的惊讶恐惧,独守空房的无聊,春景撩起的情思,青春空逝的哀叹,醉酒学仙的劝慰,逶迤写来,淋漓尽致,思妇的情态丰神细腻生动,真切如见。

鸿篇巨制的精心结构是极为重要的。庾信此篇伏应转接,夹叙夹议,开阖尽变,深得古体之法。开头秋景描写,给全诗笼罩一种悲剧氛围,又为思妇盼亲人回归预埋一笔;接着,“晋阳”二句领起,“愿得”二句回应,顾盼生姿,伏应紧密。“渡辽”二句一提,旋即“妾惊”二句一顿,起伏跌宕,曲折有致。“盘龙明镜”二句,明见“镜”“香”二物,实藏思妇征夫深情,藏见参差,饶富韵味。末四句学仙服丹语,飘忽游离,似与上文乖离,实在是逻辑之必然。全篇有节次,有波澜,穷极笔力,放纵挥洒,其开头苍莽而来,结尾飘然而去,笔致摇曳生姿。这种纵横开阖的笔法,在庾信同时代诗人中是罕见的,而和初唐卢照邻《长安古意》等名作,又是多么近似!

从以上三个方面,足以看出刘熙载“庾子山《燕歌行》开唐初七古”的论断,确是很有见地的。如果说,《燕歌行》初起魏文(曹丕),庾信有继往之劳,那么,联系历来推为千古绝唱的盛唐诗人高适的《燕歌行》,就更能见出庾信此篇的开来之功及其深远影响。高适的《燕歌行》气质自高,格局阖辟纵横,笔致变幻超忽,洗尽六朝的粉黛铅华和伤离感别的哀怨情调。然而与庾作对读,不难看到二者不独音节、转韵相类(高作全为四句一转韵),其规模竟与之完全相同,均为二十八句。刘熙载说:“高适诗,两《唐书》本传并称是‘以气质自高’,今即以七古论之,体或近似初唐而魄力雄毅,自不可及。”(《艺概》)庾信的《燕歌行》“开唐初七古”,而高适的七古又“体或近似初唐”,通过唐初七古的媒介,我们正可以窥见二者的内在联系,从而更进一步认识到庾信《燕歌行》的深远影响。

(高 原 周 同)

奉和山池

原文

乐宫多暇豫，望苑暂回舆。
鸣笳陵绝浪，飞盖历通渠。
桂亭花未落，桐门叶半疏。
荷风惊浴鸟，桥影聚行鱼。
日落含山气，云归带雨余。

鉴赏

庾信在梁朝曾任文德省学士。他与父亲庾肩吾都是皇太子萧纲的侍从，以才学受到宠信。父子随驾出入宫廷，游赏池苑，应令奉和，写下了不少绮艳的诗赋。这首诗即为萧纲《山池》诗的和作。

既是奉和之作，开头少不得要铺排一番皇家出游的盛大场面。梁武帝在位时，“五十年中，江表无事”。所以首句写长乐宫中一派安逸闲暇，既歌颂了天下太平的盛世气象，也是梁廷优游生活的真实写照。銮舆暂时在博望苑小作逗留，鸣笳的声浪在山池的水面上回响，华丽的车盖沿着长长的渠道迤逦而来——三、四句只从鸣笳声的高亢与飞盖的动势落笔，便有声有色地写出了太子出游时仪仗簇拥的势派。

后六句一句一景，两两成对。桂亭尚未落花，而桐树叶子已有一半稀疏,可见正是桂花盛开的中秋时节。“桂亭”“桐门”当是就亭馆周围多桂树或桐树而言。如此简练的构词,却概括了山池周围桂花繁茂、桐林清幽、亭台楼阁点缀其间的优美景色。而“花未落”和“叶半疏”这一近乎朴拙无味的对仗,又以本色的语言一洗皇家池苑的富贵气息,烘托出山池的清疏雅致来。

在苑林秋色的静态描写背景上,作者又捕捉住水面上鱼鸟的活泼动态,给这幅山池游幸图增添了无限生趣:清风吹过荷叶,惊起了在池中沐浴的小鸟。桥上行人的倒影,引来了在水中游动的鱼群。这联对偶,以“浴”和“行”这两个动词形容鱼鸟在受惊前闲适自在的情态,又以“惊”和“聚”形容鸟为荷间轻风所惊动、鱼为水中人影所吸引的动态,不但准确地刻画了鱼鸟的形体动作特征,而且通过动词的叠用和活用,从一动一静两方面反衬出山池平时的清静。结尾写日落时云归山谷、尚带雨后的湿气,以云归暗寓人归之意,笔端饱含水分,读之如能感受到山池空气的滋润和清新。杜审言的名作《夏日过郑七山斋》历来为人所称道,其中“日气含残雨,云阴送晚雷”二句,显然得力于涵养庾信此诗结尾的功夫。

这首诗前六句写游幸场面,文辞工稳而力避富丽;后六句写山池景色,琢句精巧而笔致清新,因而虽是奉和之作,却并未落入一般宫廷应制诗华贵刻板的俗套。

(葛晓音)

和宇文内史春日游山

原文

游客值春辉，金鞍上翠微。
风逆花迎面，山深云湿衣。
雁持一足倚，猿将两臂飞。
戍楼侵岭路，山村落猎围。
道士封君达，仙人丁令威。
煮丹于此地，居然未肯归。

鉴赏

这首诗当作于庾信被羁留北朝期间。宇文内史，即李昶，赐姓宇文氏。仕于西魏、北周。庾信曾屡次与他唱酬。

首二句写士大夫们骑马游山的兴致。“金鞍”指镂金为花、盛饰鞍鞯的乘马，此处形容朝中贵官的豪华气派。晴晖与金鞍相互辉耀，金鞍又掩映在翠色的山林中，辞采格外富丽。一路上山，逆风而行，山花迎面而来。山路两旁春光烂漫的景致自可想见，游客自下而上，仰面见花的视角也可从“迎面”二字中体味。深山中白云缭绕，沾湿了人衣，写景与上句对偶，又暗中点出人已进入山中白云深处。雁用一足倚立，猿凭两臂像飞一般窜过山崖，是游山途中偶然所见，以此入诗，更可见出深山人迹罕至的荒僻环境。

捕捉带有偶然性的细节，是庾信诗歌的一大创新。它突破了齐梁以前写景流于全面罗列或一般概括的传统表现方法，使诗歌内容得以拓展，同时又突出了游览过程中的新鲜印象。这也是他的诗歌能各具特色的一个重要原因。

"戍楼"二句写登上岭头所见。山岭路上建有戍楼，四下山村都落在围猎的圈子里，这正是北朝特有的景象。北朝统治者本为游牧民族，性喜封山围猎。这两句实景描绘为诗人游山的悠悠野兴添上了些许粗犷的意味，同时又巧妙地交代出人已登上山顶、附近山村尽收眼底的情景。奇特的是，在这片围猎的山岭中，居然有道士在此炼丹修行。封君达是《神仙传》中所提到的一个人物，据说常驾一青牛，因号青牛道士。丁令威本是辽东人，《搜神后记》说他学道于灵虚山，后化鹤归辽。这里比喻山中学道求仙的隐者。末句借道士炼丹"居然未肯归"，为全诗作一总收，结出山中幽僻令人留恋不肯归去之意，造语朴拙而用意甚巧。

庾信记述游山的诗作有好几首，风格虽大体相同，而绘景则绝无雷同。诗人总能根据每次游览的特点寻找与之相应的表现方式和独特角度，写出游山途中最深刻鲜明的印象。这首诗表现游客乘马登山，愈上愈高的视觉和感觉，以山上不同高度所见景物为顺序，一句一景，移步换形，逐步升向绝顶。笔法与游山方式相应，因而别有一番情趣。

（葛晓音）

奉报穷秋寄隐士

原文

王倪逢啮缺，桀溺偶长沮。
藜床负日卧，麦陇带经锄。
自然曲木几，无名科斗书。
聚花聊饲雀，穿池试养鱼。
小村治涩路，低田补坏渠。
秋水牵沙落，寒藤抱树疏。
空枉平原骑，来过仲蔚庐。

鉴赏

庾信在北周深受赵王招、滕王逌器重，过从较密。他的文集里有不少写给赵王的谢启，从中可以看出赵王对他的日常生活多有照顾。这首诗即为报谢赵王来访而作。

诗中写的是庾信闲居的生活。从诗题推测，赵王来访后可能有诗相赠，并称庾信为隐士。因此开篇即提到隐士王倪、啮缺。《庄子》有“啮缺问于王倪”之句，据传二人为尧时人。桀溺和长沮是《论语》中提到的两个隐居耦耕者。这二句以两对隐者的相逢共处，暗喻诗人自己和来访者，应题“奉报”。“藜床”句用“向诩常坐藜床上”（王粲《英雄记》）的典故。“负日”即晒太阳之意。汉时兒宽、汉末常林均有带经耕锄的事迹见于史书。首四句杂取上古到汉末的各种有关隐士的故事，描写自己镇日里或高卧藜床、或躬耕读书的平静生活，已经大略地勾勒出一个清心寡欲的隐士形象。

隐士远离尘俗，目的是回归自然，因此生活中的一切也以自然古朴为上。《语林》载："任元褒为光禄勋，孙翊往诣之，见吏凭几视。孙入，语任曰：'吏凭几对客，不为礼。'任便推之。吏答曰：'得罚体痛，以横木扶持，非凭几也。'孙曰：'直木横施，值其两足便为凭几，何必孤鹄蟠膝，曲木抱腰。'""曲木几"典出此。但这里说几以自然弯曲的木头作成，是不需人工雕琢之意。同时取故事中凭几见客不为礼的含义，写出日常坐卧中任情适意的自然之趣。书以科斗为文，则取文字草创之时的淳朴之意。如果说这两句赞美了隐士直追古人的高风，那么"聚花"二句描绘的则是隐士情致的娴雅。聚花饲雀，穿池养鱼，正可见出诗人对小生命的热爱，一个"试"字，又见出诗人对此充满新鲜感。有时，隐者还在村中修一修泥涩的小路，到田里补一补塌落的坏渠。这两件平平常常的农家琐事，在秋水浅沙、寒藤疏树的背景衬托下，平添了几多诗意，同时又展现出诗人枯槁落寞的心境。齐梁诗写景多取春花秋草、月露风云，唯求鲜丽轻清。而此诗却选取"涩路""坏渠"等向来不入齐梁诗人之眼的景物，使萧散疏淡的穷秋景色别有一种村野的意趣。在这样一个荒芜破败的环境中隐居的人，对于尘俗间的一切事物自然是不关于心的。所以末二句说：平原君带着骑从前来访问张仲蔚的茅庐，也只能是徒劳往返。平原君是赵国公子，此处借喻赵王。张仲蔚是汉之高士，所居蓬蒿没人。由于诗中着意突出隐者居处的荒野，所以末句以仲蔚之庐作譬，恰好是对全诗的一个总结。

这首诗撷取隐士锄田、读书、饲雀、养鱼、治路、修渠等日常生活中的杂事，又化用《庄子》、《论语》、史传中的各种有关隐士的典故，以拙语涩字与秀句雅调相间，表现隐士胸襟的恬淡和志趣的高古，体现了庾信着意追求高古朴拙的自然美、力矫齐梁诗软媚浅滑之弊的创新精神。

（葛晓音）

游　山

原文

聊登玄圃殿，更上增城山。
不知高几里，低头看世间。
唱歌云欲聚，弹琴鹤欲舞。
涧底百重花，山根一片雨。
婉婉藤倒垂，亭亭松直竖。

鉴赏

这首诗没有标出创作的具体时间地点，通常被认为写于北周高祖建德元年（572）到三年（574）之间。此时庾信在北周都城长安任官，与宇文昶、宇文神举等北周官员、宗室有所交往。《陪驾幸终南山和宇文内史》《和宇文内史春日游山》《和宇文京兆游田》等均作于此时间段。宗教文化底蕴深厚的终南山脉，便位于长安城南。它西起蓝田（今陕西蓝田县），东到盩厔（今陕西周至县），其中位于今西安市长安区的翠华山，又称太乙峰，仍留有汉武帝拜谒太乙神道场遗址。

终南山脉可谓人间游仙之地。而庾信的这首《游山》诗，也因前两句中的“玄圃”“增城”两个富有仙家意味的词语，得到了另一个题目：游仙。晋郭璞《穆天子传》注引《淮南子》:"昆仑去地一万一千里,上有曾城九重,或上倍之,是谓阆风,或上倍之,是谓玄圃。"古书所言昆仑多指仙山。玄圃、增城,便是昆仑山之上的仙山。今之广东省广州市增城区,据《元和郡县志》所言,即是以此得名:"增城县,按昆仑山上有阆风、增城,盖取美名也。"故而前两句中的"玄圃殿""增城山",已经直接表明了主人公此行的目的是游仙。

游仙是中国文人诗的一个颇为浪漫的题材。此诗看似开头直奔游仙主题,但第三、四句中,刚刚登入仙境的主人公突然想到仙山"不知高几里",于是他"低头看世间",回望人间景象。主人公所看到的人间,唱歌弹琴引来鹤舞云聚,山中生满奇花、异卉、青松,还有今人称为"地形雨"的奇妙自然现象"山根一片雨"。人们想象中的仙境,有仙鹤祥云、灵芝仙草、金丹圣水,游仙者能够求得长生。这首《游仙》诗中写到的"世间",竟得了几分仙境模样。

"世间"的蓝本,或许是庾信走过的秦岭终南山。那里重峦叠嶂,山峰秀拔,无数生灵在山脉之中安居乐业,"动植物王国""药材宝库"都是后人对它的美誉。它有文人笔下仙境般的景象,有神秘的仙家传说,有道教、佛教文化背景,还有生活在那里的隐士,仿佛真的是个仙家所在。然而它地处长安城南,附近繁华的都城、聚居的人们,又分明告诉世人,这里是真正的人间。全诗没有直接比较仙境与人间孰优孰劣，仅仅是直接描绘登上仙山后看到的世间景象，就仿佛在说：人间自有仙境在，何必一心追求虚无缥缈的“升仙”呢？

（郭小小）

将命使邺酬祖正员

原文

我皇临九有，声教洎无垠。
兴文盛礼乐，偃武息氓黎。
承乏驱骐骥，旌旗事琬珪。
古碑文字尽，荒城年代迷。
被陇文瓜熟，交塍香穗低。
投琼实有慰，报李更无蹊。

鉴赏

梁武帝大同二年（536）冬，与东魏通和。此后十来年间，东魏几乎每年都派使者聘梁，梁朝也依礼派官员报聘东魏。庾信出使东魏，大约在大同十一年。祖正员指东魏著名文人祖珽之弟祖孝隐。《北齐书·祖珽传》说：“祖珽弟孝隐，魏末为散骑常侍，迎梁使，时徐君房、庾信来聘，名誉甚高。魏朝闻而重之，接对者多一时之秀。”诗题为“酬祖正员”，则祖孝隐当先有赠诗，这是庾信的酬答之作。

梁朝虽偏安江南，但已保持数十年的太平。至大同中，有州一百七，占据了南部半个中国。而北方则刚由北魏分裂成东、西魏，政权不稳，又是少数民族统治。所以诗一开头，便首先宣扬梁朝礼乐文物之盛，声教传播之广，流露出大国使者的自豪感。“九有”即九州，本指整个中国，这里借指南中国，同时又明显地包含着以梁朝为正统的意思。这样说，并无冒犯北朝统治者的嫌疑。因东魏的实际统治者高欢就曾说过：“江东复有吴翁萧衍，专事衣冠礼乐，中原士大夫望之以为正朔所在。”这是南北朝特殊的邻邦关系所决定的。

接着诗人称颂梁皇偃武修文，声威教化及于四海，礼乐文明兴盛，百姓安居乐业。这虽是外交辞令，却也基本符合史实。因而读来只觉得气度高远、从容自如，并无熟滥和虚饰之感。以下由称颂国威转为申述自己的使命。“承乏”为春秋时常见的行人辞令，是自称不能胜任此职的谦词。“琬珪”语出《周礼·冬官·考工记》：“琬圭九寸，而缫以象德。”郑注：“琬犹圜也，王使之瑞节也。诸侯有德，王命赐之，使者执琬珪以致命焉。”庾信称自己的使命为“事琬珪”，不只是为借用先秦古语以求格调典雅，也暗含将天子之命赐有德诸侯的意思，与“我皇临九有”呼应，大有中华江山本为我皇所有的气派。所以虽然谦称“承乏”，却通过对出使仪仗的简单勾勒和巧妙的措辞，充分表现出大国使臣的风度。

邺城本是曹魏都城，一直生长在南方的诗人，来此难免有一番吊古的浩叹。古碑上的文字已经磨灭，郊外的荒城更不知建于何年何代。唯见田垅上文瓜已经熟透，稻畦中香穗低垂于沟塍。“被”字写瓜藤遮满田垅之景，“交”字写稻穗交垂之状,各以一个动词将近景拓展为远景,构句紧凑,炼字尤见功力。这四句选取邺城郊外富有特征的景物,巧妙地概括了邺下古老久远的历史和目前禾稼兴旺的景象。由于荒城古碑与禾黍遍野的对照是如此发人深思,南国使臣到此,纵然不起故国黍离之叹,也难免引起北方久已不属“吾皇”所有的感触,因此这节景物描写中又自然透出一种苍凉的意绪,笔底情感暗中与前六句相通。

末二句合用《诗 · 卫风 · 木瓜》中“投我以木李,报之以琼玖”的意思,以及“桃李不言,下自成蹊”的谚语,谓投琼报李虽是常礼,但只恐自己才浅力薄,报答无门。以此表示酬答之意,措词谦逊,收得稳当而有分寸。

这首诗共十二句,分为两半。前半篇首四句赞颂梁朝声教,下二句以自述使职作结;后半篇前四句描写邺城风景,末二句以双方使者互相致意作结。结构对称,与庄重典雅的格调相应。庾信前期诗大多以清绮见称,这首诗却别具一格。大国使节的自豪感赋予诗人沉稳的气度,邺下荒城古碑前的禾黍,引起诗人怅惘的怀想。全诗意境开阔,笔意古朴。足见只要走出宫廷,扩大生活的视野,庾信即使是在前期,也同样能够写出雅健的好诗。

（葛晓音）

和从驾登云居寺塔

原文

重峦千仞塔，危磴九层台。
石关恒逆上，山梁乍斗回。
阶下云峰出，窗前风洞开。
隔岭钟声度，中天梵响来。
平时欣侍从，于此蹔徘徊。

鉴赏

此诗一作《和赵王游云居寺》，或是奉和赵王从驾登览之作。赵王宇文招，是庾信在北周的至交。云居寺已不可考，当在长安附近。首句说“重峦千仞塔”，则寺塔当筑于峰岭之上，且极高峻。欲登此塔，先须经过峻危的磴道。《国语》说：“晋平公为九层之台。”这里或许借“九层台”之词形容寺塔之高，磴道之长。诗一开头，便从此塔所居地势渲染出塔身的雄伟高大。接着再写攀援磴道的艰难。“石关”本为观名，汉武帝建元时造。此处当借其名形容巨石夹道而立，犹如门关之状。山梁指山上石梁绝水之处，这里说途中可见到突作斗状回折的山梁。由磴道的险峻又可见出寺塔不仅高踞重峦之顶，而且以陡壁悬崖为基，这就越发显得峭拔雄伟。

“阶下”二句写登塔所见：塔阶下露出周围的云峰，塔窗里吹进阵阵寒风,犹如开启的风洞。这像是摄影师从塔内向外拍摄的画面,令人真切地感受到登塔之后一览众山小的快意和高处不胜寒的凉意。这样的取景角度在庾信之前尚属罕见。

前六句处处着眼于对寺塔本身的描写,只是不断变换视角,自下而上,由外而内,着眼于寺塔与群峰的关系,突出其俯视众山、兀立中天的气势。下二句便推开一步,写塔上钟声传播之远,顿时使诗境转为空灵。钟声响起,度越山岭,以致半天空中都充满了洪大清亮的梵响。一“度”一“来”,写钟声从塔上传出,在山岭间振荡,又从中天传回的过程,是传神之笔。“钟声”“梵响”只是换词,但用佛家语,又使云居寺塔在高大雄伟的外貌中显示出庄严的神韵,构成深宏的境界。

末二句是奉和诗的常套,表示自己平日虽然对君王侍从唯谨,今日身逢此境,也不免暂且徘徊,竟一时疏忽了侍从的职责。这样说,一来可切“从驾”之题,二来进一步强调塔顶风光的引人入胜。同时“蹔徘徊”三字,还使诗人流连徘徊的神态与久久回荡的钟声之间似乎产生了某种微妙的感应,结得颇有余味。

此诗立意只在形容云居寺塔之高。采用层层烘托的手法,固然是传统的表现艺术,而取景角度的新颖多变,则是庾信的独创。因此虽是一首奉和诗,也有其值得珍视的艺术经验。

(葛晓音)

拟咏怀二十七首(其七)

原文

榆关断音信，汉使绝经过。
胡笳落泪曲，羌笛断肠歌。
纤腰减束素[①]，别泪损横波[②]。
恨心终不歇，红颜无复多。
枯木期填海，青山望断河。

注

① “纤腰”句：宋玉《登徒子好色赋》：“腰如束素。”
② 横波：指眼睛。傅毅《舞赋》：“目流涕而横波。”

鉴赏

庾信与其父庾肩吾原为梁简文帝时著名的宫体诗人。“父子在东宫，出入禁闼，恩礼莫与比隆。”(《周书》本传)侯景之乱，建康沦陷，庾信亡命江陵辅佐梁元帝。承圣三年(554)，他奉命出使西魏被扣留，此时西魏大军南下灭梁，元帝被执遇害。从此庾信被迫仕魏，及北周取代西魏，庾信又仕北周，累迁至骠骑大将军，开府仪同三司，进爵义城县侯。(见《北史》本传)《拟咏怀》共二十七首，皆抒发其乡关之思，为后期仕周期间所作。

此诗前四句写羁身北国孤寂凄凉的环境。“榆关”即古榆溪塞。秦朝派蒙恬筑长城于此，“累石为城，树榆为塞”(《汉书·韩安国传》)，故址在今内蒙准格尔旗。这里代指南北朝之间的边塞。“汉使”，本指汉朝使者，如张骞、甘英之辈；此代指梁朝使者。诗人远在异国，而心系故国乡关，然梁朝已亡，故有音信断绝、汉使不来之重叹。此时陈霸先早已在江南篡梁立陈，而庾信对他是轻蔑敌视的，说他是“锄耰棘矜者因利乘便”，“为东南之反气”(《哀江南赋》)。可见，云“断”，云“绝”，不仅是身在异域的地理阻隔，亦含有梁朝已亡，政治联系已完全断绝之意。“胡笳”“羌笛”皆北方少数民族乐器。李陵《答苏武书》云：“胡笳互动，牧马悲鸣，吟啸成群，边声四起，晨坐听之，不觉泪下。”“异方之乐，秖令人悲，增忉怛(即忧伤)耳。”这两句正暗用此意。听见胡地音乐，非但不能赏心悦耳，反而使人断肠落泪，更加悲伤。西汉李陵因寡不敌众兵败被俘，被迫降于匈奴，然耿耿衷心不忘汉朝，只因汉武帝杀了他全家老小，才使他无家可归，故其内心痛苦难言。庾信的被迫屈节仕敌和无国可归，情况正与李陵相类。故诗人曾多次以李陵自喻，如《拟咏怀》之十：“李陵从此去……游子河梁上，应将苏武别。”之二十六：“秋风苏武别，寒水送荆轲。”皆可旁证。

如果前四句是以古喻今，那么“纤腰”四句则是以男女喻君臣。诗人自喻为红颜女子，因为思念故国故君，纤细的腰身已消减得好像一束素绢；因永别远离，悲痛的泪水长流,以致哭坏了眼睛。由于内心离恨不止,悲伤过度,以致青春红颜很快就衰老了。清人倪璠《庾子山集注》云此四句“若闺怨也”。今人注本亦每祖其说。然“闺怨”一般皆是内地思边塞,未见边塞闺妇思内地丈夫者。细味此喻,实尚有深意,非一般闺怨可拟。庾信乐府诗中有两首写王昭君的,《王昭君》云:“围腰无一尺,垂泪有千行。”《昭君辞应诏》又云:“片片红颜落,双双泪眼生。”与本篇这四句词语、意境皆颇相似,这绝非偶然。况且,只有用昭君被迫出塞这一典故,方能切合此诗中以男女喻君臣的特定情境。解为一般闺怨,不仅牵强,亦殊属肤浅。诗人在北朝既然“高官美宦,有逾旧国”(宇文逌《庾子山集序》),纵有故国之思,何竟至于“纤腰束素”“别泪横波”“恨心不歇”,如此剧烈的程度?是否夸饰过分呢?非也。首先,庾信被迫靦颜仕周,内心是十分愧疚与惭耻的。而故国之恩又使他终生难忘:“畴昔国士遇,生平知己恩。直言珠可吐,宁知炭欲吞。”(《拟咏怀》之六)可自己却屈节仕敌,宁不痛苦万分?试看其《和张侍中述怀》中的反躬自责:“木皮三寸厚,泾泥五斗浊。”骂自己的厚颜无耻,污浊不堪,则其愧疚之心可见一斑。其次,西魏灭梁时,大肆杀戮,将江陵府库掠抢一空,并捕捉王公百官及居民共数万口带回长安分赏魏军作奴婢,庾信的老母妻子亦在其中(后放还)。这种惨烈的亡国之痛、之恨,也必然是与乡关之情紧密相连、刻骨铭心、终生不泯的。因此,他的“别泪”和“恨心”,不仅出于他个人的身世，而应包含更为深广的社会内涵。

结尾二句用了两个神话典故。上句用《山海经》和《述异记》中精卫填海之事；下句典出《水经注・河水》："华、岳本一山，当河，河水过而曲行。河神巨灵手荡脚蹋，开而为两。"两句表现了诗人南归故国的愿望就像用枯木填平大海、被河水断开的两山重合为一那样不能实现。这是痴情人沉痛的绝望语；但知其不能实现而仍执着希望其实现，又适足表明其对故国眷恋之情是何等深挚了。

此诗塑造了一个为乡国离恨折磨而消瘦憔悴、悲痛欲绝的抒情主人公形象，栩栩如生。感情强烈激楚而又悲回婉转，风格苍凉老成而又清新绮丽，诚所谓"绮而有质，艳而有骨，清而不薄，新而不尖。"（《升庵诗话》）又通篇对仗匀称工整；用典除末尾两句是明典外，其余用李陵、昭君两事均属暗典，确如沈德潜《古诗源》所评："造句能新，使事无迹。"且用典又兼比喻，以古喻今，以男女喻君臣，以神话喻俗事，丰富多样，顺手拈来，无不自然贴切。少陵诗云："庾信文章老更成"，"暮年诗赋动江关"（《戏为六绝句》和《咏怀古迹》）的非溢美。

（熊　笃）

拟咏怀二十七首(其十)

原文

悲歌渡燕水，弭节出阳关。
李陵从此去，荆卿不复还。
故人形影灭，音书两俱绝。
遥看塞北云，悬想关山雪。
游子河梁上，应将苏武别。

鉴赏

这首诗借咏史以述怀，抒写出使北朝不得南归的惆怅。

首四句用荆轲与李陵故事，交叉对仗。荆轲入秦刺秦王，燕太子饯之易水上，乃歌曰："风萧萧兮易水寒，壮士一去兮不复返！""弭节"本出自《离骚》"吾令羲和弭节兮"句，指马车徐行。这里以迟缓行进的动作表现诗中主人公沉重的心情。阳关为古关名，在今甘肃敦煌西南，玉门关之南，为出塞必经之地。"出阳关"指出塞。联系下句"李陵从此去"来看，这句当指李陵出塞征匈奴之事。《汉书·李广传》说："率师东辕，弥节白檀。""弥"字通"弭"。李陵传附于李广传后，所以也可借用此语。李陵率军与匈奴作战，援兵不继，战败被围，遂降匈奴，从此不归。荆轲、李陵之事都是熟典。这诗开头两句写荆轲在悲歌声中渡过燕水，李陵率师走出阳关,已经将他们一去不归的意思点出,下面两句将二事的对偶顺序倒过来,强调他们从此不能再回到故国,这种重叠反复的章法,是“苏李诗”的特色之一。“苏李诗”传为苏武归汉时,李陵送别,二人赠答之作,虽不可信,但可肯定是汉代早期五言古诗。诗中通过反复咏叹,使离别之意表达得淋漓尽致,这种表现手法为庾信借用来写李陵之事,可谓巧妙而又现成。这里虽是二典并用,但立意以李陵为主,荆轲之事只是借以烘托壮士生别故国的沉重心情和悲壮气氛。因此后半首诗的声调内容几乎都是从“苏李诗”脱胎而来。

久离故国,旧友的形影已在记忆中渐渐泯灭,双方音问书信都已断绝。只有遥望着塞北的浮云,想象着故国与异域之间重重关山上积聚的白雪。由浮云而思白雪,以眼前之景和悬想之景相对,既展示出边塞一片落寞空阔的景象,也通过对李陵当时心境的想象,写出了诗人凝目远眺的孤独绝望神情:长天寥廓,唯有浮云往来;关山雪深,更无路途可通。被隔绝在异域的游子,已无法再回故乡。

然而游子不归,又岂止是因为关山的阻隔?已经失节的人永远也不能回归故国了!所以末二句写李陵诀别苏武的场面,唯有身世与李陵相同的诗人才能道出李陵此时的沉痛心情。汉代游子诗多以浮云比游子。这里“游子”之意由塞北浮云生发,又直接化用李陵与苏武诗中“携手上河梁,游子暮何之”句意,通过“应将”二字,含蓄地点出李陵不能像苏武一样全节归国,便只能与之永别,感愧和怅恨之意溢于言表。结尾和开头相应,使全篇成为一首以感叹李陵遭际为主的咏史诗。

此诗以自己羁留北方的心情去体会李陵当初陷于匈奴的处境,又借抒写李陵身陷塞外的心境寄托自己羁留异域、遥念故国的哀思。在艺术表现上吸取"苏李诗"中重叠递进的章法,以及用浮云喻游子的比兴手法。虽然构思巧妙,用典精当,颇多偶对,但像汉代五言诗一样兴象浑沦,句调谐畅,因而能散雕为朴,深得古意。

(葛晓音)

拟咏怀二十七首(其十一)

原文

摇落秋为气，凄凉多怨情。
啼枯湘水竹，哭坏杞梁城。
天亡遭愤战，日蹙值愁兵。
直虹朝映垒，长星夜落营。
楚歌饶恨曲，南风多死声。
眼前一杯酒，谁论身后名。

鉴赏

公元554年，西魏军队攻陷江陵，梁元帝被执遇害，宗室大臣尽为俘虏，驱送长安，百姓男女数万口分为奴婢，弱小者皆被杀。庾信曾在《哀江南赋》《拟连珠》等作品中详尽地记述了江陵小朝廷灭亡的经过，这首诗则是以咏怀的形式，再一次反映了这场巨大的历史变乱。

此诗首句翻用宋玉《九辩》“悲哉秋之为气也，萧瑟兮草木摇落而变衰”的语意，渲染出深秋草木凋落的肃杀景象，使全诗一开头就笼罩在一片凄凉哀怨的氛围中。

“啼枯”二句，从字面上看是承接上句，形容衰飒秋气中的悲怨之情，实际上是借典故含义暗中过渡到江陵陷落、君臣被戮、百姓死难的史实。“湘水竹”用舜崩、二妃以泪洒竹、竹尽变斑的传说，借指元帝被害。“杞梁城”用春秋时杞梁战死，其妻放声长号，杞城为之崩塌的故事，借指江陵城的被攻陷。两句对仗工整，而层次井然。

造成君民遇难的直接原因是梁军战败。然而梁朝的覆灭，又岂止是一战之罪？所以诗人感叹：天意注定梁亡，才遭到了这场令人愤恨的战争；国家日暮途穷，更使围城内的士兵愁怨不已，丧失了斗志。“天亡”暗用项羽临死之言“此天之亡我，非战之罪也。”“日蹙”有多层含意。《诗经·大雅·召旻》:“今也日蹙国百里。”“蹙”即“迫”，意为国土每天缩小百里。元帝放弃建康，国土仅限于江陵一隅。最后被魏军包围，日见蹙迫，这是一层意思。《晋书·天文志》又谓“日蹙”是“日蒙蒙无光，士卒内乱”，则又含军无斗志一层意思，并渲染出战争中天昏地暗、日月无光的景象。长虹照耀营垒，按《晋书·天文志》解释，是流血之象。而长星夜落军中，则是破败之征。《晋书·天文志》载诸葛亮伐魏，屯于渭南，“有长星赤而芒角，自东北西南流，投亮营。……九月亮卒于军，焚营而退”。此处借蜀汉伐曹魏的典故形容梁魏之战中梁军败亡的征兆，亦可见诗人选择典故之精巧。这两句不但以天象证明梁亡乃是天意，同时与“天亡”二句相对，分别从白天和夜晚描绘出梁军营垒中悲惨的气氛。又下接“楚歌”二句，在梁军夜半的一片哀歌声中，交代了梁朝兵败国亡的结局。用项羽夜闻四面楚歌的典故，点出江陵沦陷前的处境，时间正与“夜落营”相承接。南风，即南方的乐曲。《左传·襄公十八年》:

“晋人闻有楚师。师旷曰：不害。吾骤歌北风，又歌南风，南风不竞，多死声，楚必无功。”此处用典故本意，直指梁朝无力抵敌，唯有败亡一路。二典连用，又像是诗人用凄婉的南音为故国唱出的最后一曲挽歌。

末二句用《世说新语·任诞》中张季鹰语：“使我有身后名，不如即时一杯酒。”张季鹰原为江南人，在西晋为官，时常想回家乡。这里借季鹰自况，只是对自己的冷嘲：故国沦亡，而自己仍在忍辱偷生，名节已经丧尽，此生只能对酒浇愁，再也谈不上身后的名声了。颓唐的语意中透出无限凄凉。

这首诗全用典故隐喻史实，展现了江陵沦陷时血流遍地、哭声振野的悲惨景象。尽管西魏攻梁时，庾信已被羁留在长安，没有目睹当时的场面，然而因为他本人一生的不幸正是由于这次变乱所致，又亲眼看到梁朝臣民被掳到长安沦为奴婢的情景，因而他还是能以沉痛的感情，记下这段真实的历史，创造出这首珍贵的史诗。

（葛晓音）

拟咏怀二十七首(其十五)

原文

六国始咆哮，纵横未定交。
欲竞连城玉，翻征缩酒茅。
析骸犹换子，登爨已悬巢。
壮冰初开地，盲风正折胶。
轻云飘马足，明月动弓弰。
楚师正围巩，秦兵未下崤。
始知千载内，无复有申包。

鉴赏

看到诗中“六国”“秦”“楚”等字样，读者一定会想：以庾信写《拟咏怀》的心情，是决无可能去闲谈陈年宿古董的战国纷争的，里面多半藏着借古讽今的内容。确实，本诗里是含着一个谜，在等我们去解开。

“六国始咆哮，纵横未定交。”这二句是说，当战国时山东六国开始“咆哮”时，它们还未决定其外交政策是合纵以抗秦还是连横以事秦。细心的读者一定会问：“咆哮”是何意？指相争么？但相争就无所谓“纵”了。当然，如把“纵横”理解得宽泛些，当作每一个国家各自的对秦政策，“咆哮”解作“相争”就通了——六国始相争时，尚未决定联秦以攻击他国还是把秦和别国都视为一体的敌手。然而“咆哮”二字一摆平，“始”字又刺眼了：六国相争是哪年开始的？这可是难考证的问题，恐怕庾信也没这本事吧？算在战国初年吧，可那时秦国还不强大、还不存在“纵横”之说呀！这笔账，在史书里是轧不平的，但一兑入当时的现实，却意外地平贴：侯景作乱、攻陷建康时，梁朝的那些藩镇，湘东王萧绎（即梁元帝）、岳阳王萧詧（即后梁主），还有什么武陵王、邵陵王，不就是一起“咆哮”——一起号称“勤王”却又窝里斗个不休的吗？萧詧倒是早早地当了西魏的附庸，而那萧绎却是一会儿与西魏交仗，一会又遣使通好，刚与西魏联合灭了武陵王，转眼又和西魏的死敌——北齐大拉近乎：这不是纵横未定吗——须知西魏无论是地理位置，还是军事实力，都正好和战国时的强秦极相似；而庾信，又是萧绎的臣子，最清楚萧绎的外交政策，他本人便是被萧绎派去西魏的使节！

好了，谜有头绪了，再往下看。“欲竞连城玉。”竞，争也。连城玉，就是秦要用十五座城来交换的和氏璧，这里指国土。“翻征缩酒茅。”春秋时齐桓公伐楚，师出无名，乃强说楚不向周王进贡缩酒（滤酒）的茅草，所以“寡人是征（我来问这事）”（《左传·僖公四年》）。翻，反而。诗人告诉我们，有人明明要争夺土地，却找了个冠冕堂皇的借口。是谁呢？翻开史书就知道了，那正是西魏！萧詧与萧绎为仇，西魏借口应萧詧的请求，发大军攻陷萧绎的国都江陵，紧接着便把二萧的领土席卷而归已有,只丢下一座江陵空城给萧詧,而这些夺到的土地,正相当于古代的楚国!至此,虽然字面上还看不出,但我们已经隐隐感到了谜底:本诗要说的,只怕还是诗人后半生耿耿不忘的那段悲惨日子——江陵的陷落。如是这样,诗人可真大胆:他用一个"欲"字、一个"翻"字,活画出西魏统治者内心的贪婪和嘴脸的假正经。须知他这时已是北周(西魏的后身)的臣子,为了故国而指斥"本朝",还不大胆吗?

"析骸犹换子",《左传·宣公十五年》上说,楚军围宋,宋人粮尽,"易子而食",把儿子交换了当食物吃掉,"析骸以爨",把尸骨拆了当柴烧。"登爨已悬巢",当是"登巢已悬爨",或许由于押韵的关系而作了颠倒。《左传·成公十六年》上说,晋楚鄢陵之战,楚共王"登巢车以望晋军",知道晋军"塞井夷灶"。巢车,一种可以升降的攻城战车。爨,即"灶"。"夷灶"是填平行灶,准备出战,诗人把"夷"改成了"悬",大概是说敌人已经登高望见城里吊起锅子——断粮了!这两句,如果我们的谜底没猜错,自是说江陵城被围时的惨相。

"壮冰初开地,盲风正折胶。"这二句也应颠倒了次序解释。盲风是农历八月的疾风,《礼记·月令·仲秋之月》说:"盲风至,鸿雁来。""折胶"据《汉书·晁错传》注,谓秋气至时胶坚硬可折,这是匈奴出兵的征候。盲风从北方携来大雁,难道就不能催着西魏铁骑南下吗?何况那折胶的预兆又是如此明白！壮冰是十一月的厚冰，《礼记·月令·仲冬之月》说："冰益壮，地始坼（裂开）。"十一月份，严冰覆压了、冻裂了大地，而在梁元帝承圣三年（554）的这个月份，西魏人包围、攻陷了江陵。现在，我们离谜底又近了一步：在诗人笔下，冰封地裂的刺骨之寒，和国破家亡的切肤之痛，只怕已经凝成了一体！

"轻云飘马足，明月动弓弰。"弰，弓之末端。战马在飞奔，仿佛蹄下有轻云在飘飏；弓开张到末端，圆得好像明月在三五：这纵马怒射的骑士，姿态很健逸？当然是，当然不！当你知道那铁蹄是在蹂躏冰雪酷寒的南朝土地、那利箭是在射杀易子而食的南朝苍生时，这健逸的姿态，在你眼里不就变得骄悍凶霸了吗？这二句不前不后、正安插在诗的中段，诗人的构局用心你该理解吧！

"楚师正围巩"，仍用《左传》典故。鲁昭公二十二年，东周王室内乱，王子朝自立为天子；二十六年，晋师（句中误作"楚师"）攻克巩（今河南巩义），王子朝被逐走，其时又是十一月——两个十一月！如果我们的谜底猜得不对，会有这样的巧合吗？诗人会在众多的被杀逐帝王里偏偏选中王子朝吗？何况梁元帝本是皇子，他也是在内乱中即位的，与王子朝还颇相似呢！"正围巩"三字尤可注目，它意味着江陵虽被围而未沦陷、梁朝虽危而未亡。春秋末年，楚国被吴兵攻破，落到了亡国的边缘，楚臣申包胥到秦国求助，号哭了七天七夜，终于感动了秦君发兵。当江陵被围之际,诗人又何尝不在西魏朝廷上下奔走、乞求他们收回虎狼之师?虽然申包胥所求的是出兵,诗人所求的是撤兵,但其救国于危亡的用心,却是相一致的。然而,“秦兵未下峭”,申包胥引着秦兵开下峭山去营救本国了,而诗人呢?“未下峭”三字说明他得到了与申包胥相反的结果。这样理解,似乎太曲折了,但唯有这么解释,下文“始知千载内,无复有申包”才顺理成章:历史上秦兵下峭,遂成就了申包胥的伟业;千载后的“秦兵”却不愿再演喜剧,于是那个企图充当当世申包胥的人——诗人自己,也只有徒然悲哀于包胥的不可再得了!“千载内”三字,终于在篇末走出了典故构筑的迷宫,点明了本诗的内容,乃是一幕现实的悲剧!

我们该高兴了,为没有猜错谜底而高兴;我们又该悲哀了,为这个惨痛的谜而悲哀,为诗人只能用谜语吐露心曲的处境而悲哀,为诗人制作这个谜的苦心而悲哀。

(沈维藩)

拟咏怀二十七首(其十七)

原文

日晚荒城上,苍凉余落晖。
都护楼兰返,将军疏勒归。
马有风尘气,人多关塞衣。
阵云平不动,秋蓬卷欲飞。
闻道楼船战,今年不解围。

鉴赏

此诗作年及背景历来注家未详。今细考史实,北周与南朝水战失利,莫过于公元567年的沌口(今湖北武汉西南)大战。时陈朝湘州刺史华皎叛投江陵后梁(萧岿),并遣使潜引周兵来援;陈朝派大军十余万会讨华皎;后梁亦派兵二万接应叛军。九月,陈军与周、梁、华三方联军会战于沌口。结果联军大败:华皎单舸逃走,部将四十余人伏诛;北周水师败退江陵,其陆路元定所率一军孤立无援,逃至巴陵被陈水军围歼,元定和梁将李广均被俘。陈军大将程灵洗乘胜追击至北周沔州,破城活捉其刺史裴宽。这次战争,《陈书》《周书》及《资治通鉴》均有详载。

诗的开头两句写景点明时地,“荒城”“落晖”,意象阔大雄浑,情调苍凉悲壮:边塞荒凉的城堡,一片苍莽辽阔的原野,淡烟暮霭,残阳如血。这就为后文叙写战事渲染出一种庄严肃穆的气氛。接下四句写北周劲旅远征塞外、凯旋归来的一幕。“都护”:本是西汉设置督护西域诸属国的军事长官,这里借指边塞统帅。“楼兰”“疏勒”,皆汉代西域国名;西汉昭帝时楼兰数反,傅介子奉命出使其国,刺杀楼兰王而返;东汉明帝时耿恭坚守疏勒城,数败匈奴进攻,城中粮尽,只余数十人仍坚守不降,终为汉军迎归。此处借用典故,喻指北周一批屡立战功,凯旋归来的大将,例如田弘、权景宣、元定等,都曾先后分别讨平宕昌羌王、罗阳蛮及岷州生羌的反叛(均见《周书》本传),陆腾、王亮、司马裔等也曾讨平巴峡信州叛蛮。所有这些征战,无不凯旋而归,恰如傅介子、耿恭制服楼兰、击退匈奴的赫赫功勋。诗人将这些并非同一年发生的战事,通过用典高度浓缩,典型概括,集中于写作此诗这一年来描述,意在突出此次南征的统帅,皆是一向立功边陲,威震敌国的名将。“马有”二句,则描写将士们不辞劳苦,风尘仆仆地从塞外归来,马未卸鞍,人未解甲,身上还带着边关战场上的征战气息。“阵云”二句,则象征着新的战争形势又很紧张严重,将士们刚刚归来,又将扬威远征了。“阵云”句形容云层叠起,平铺天穹,宛如凝固不动的兵阵;(何逊《学古》诗有“阵云横塞起,赤日下城圆”句。)这里象征兵象不息。“秋蓬”,秋天的蓬草,末大于本,遇风则拔地而飞旋,诗歌中常用以比喻飘荡无定。这两句既写边塞荒城的秋景,回应起首二句；又隐喻战争气氛的浓烈，将士又将如飞蓬一样离家远征，含蓄地寄寓了诗人对广大将士的同情和忧虑。

结尾两句突转跌宕，不仅用“闻道”将时空一笔拓展到江南水军战场，而且将双方交战的经过完全省略，但以“楼船战”“不解围”，则暗示出诗人的忧虑不幸而成为事实：沌口大战周军大败退守江陵，元定一军在巴陵已遭到全部围歼，沔州裴宽正被陈军水师围困……“不解围”三字巧妙而蕴藉，战事尚未结束，而胜负大局已定。这二句与前八句那种凯旋荣归的强大军威，恰好形成了大起大落的鲜明对比，令人想到一向威震异域的常胜将军们，如今却在江南水战中一败涂地，陷入重围绝境之中。“楼船”一词，不仅隐喻南朝高大战舰的水军威势，而且恰如其分地暗示了战争所在的方位在江南：《汉书·杨仆传》载，南越反，汉武帝拜仆为楼船将军征讨。用典可谓含蓄而又贴切。

这首诗结构十分别致。本来，北周将军们征服异域全胜而归的场面，是在沌口大战前几年陆续发生的，而诗人却把这些时空分散的事件集中于一时；从出征南朝到“楼船”“不解围”，也有一个较大的时间过程和空间距离，但诗人却用“闻道”一转，巧妙地缩短了时空距离，从而将凯旋归来——远征南朝——陷入重围这时空迥异的三部曲，一脉贯串起来，此所谓“笼天地于形内，挫万物于笔端”（陆机

《文赋》)者也。唐代杜甫的《赴奉先咏怀》及李商隐的《夜雨寄北》亦曾得此“三昧”,足见此法之妙用所在。又前八句如不明背景,初读看似散漫,似不可解;及明背景,再结合后两句,方知前八句皆为后二句烘托陪衬的,不仅形成对比强烈,而且甚觉其包前孕后,结构完整紧密。

其次是多用典故和比喻,诗意十分隐微含蓄。“楼兰”“疏勒”“楼船”皆用典,“阵云”“秋蓬”皆隐喻。值得玩味的是诗人为何不愿直说明言的微妙心态:被迫身仕北朝,心却常系故国江关;而梁、陈易代废立,又使诗人无国可投。萧詧、萧岿虽系梁朝后裔,但又是西魏、北周扶持的傀儡;当年诗人矢忠辅佐的梁元帝,不就是被其侄萧詧勾引西魏来灭亡的吗?江陵浩劫,十万臣民被掳异国作奴婢,当时诗人的父母妻子亦在其中……昔日国破家亡的惨象,至今依然历历在目,痛定思痛。这就决定了他对北朝及后梁均不无反感。对陈霸先篡梁,诗人固无好感,但此时陈朝已是第三代皇帝,且与北周已通使修好。华皎之叛,属南朝内政,北周不应出兵。当时北周崔猷就曾反对:“今陈氏保境息民,共敦邻好,岂可利其土地,纳其叛臣,违盟约之信,兴无名之师乎!”(《资治通鉴》卷一七〇)这正可代表诗人的心声。但宇文护一意孤行而不采纳,结果给南北人民都带来灾难。庾信既同情北朝将士的无谓牺牲,又反对劳师远征的侵略,但因身仕北朝,又不便露骨讽刺,这种种复杂难言的衷曲,便是他用典使喻,诗意隐微的底奥。

再次,此诗意境雄浑阔大,风格苍凉沉郁。尤其每联平仄多合律句,唯尚有失粘而已;除首尾联外,余皆对仗精工,实开唐代五言排律之先河。

(熊　笃)

拟咏怀二十七首(其十八)

原文

寻思万户侯,中夜忽然愁。
琴声遍屋里,书卷满床头。
虽言梦蝴蝶,定自非庄周。
残月如初月,新秋似旧秋。
露泣连珠下,萤飘碎火流。
乐天乃知命,何时能不忧?

鉴赏

庾信后半生虽然经常因屈仕北朝而痛悔自责,但并非没有功名事业之想。当他回忆起早年在梁朝“乘舟能上月,飞幰欲扪天”的豪气时,总不免为今生壮志成灰而深深叹惋。这种炽烈的身世之感在夜深人静时涌上心头,常搅得他彻夜难寐。不过,此诗开头说:“寻思万户侯,中夜忽然愁。”还不止是因为故国覆灭,使自己的封侯之想变成中宵之梦。诗人的愁闷中更有不能为国建立功勋的自嘲。《拟咏怀》之三说:“俎豆非所习,帷幄复无谋。不言班定远,应为万里侯。”谓自己不习俎豆礼乐之事,又无军旅帷幄之谋,出使他国也不能像班超那样使三十六国与汉通好,定边封侯,反而被迫留仕。于是,对早年功业未就的遗憾，又变成了对当初使魏被辱的羞惭。这就是诗人忽发中夜之愁的复杂心理。

中夜愁思难解，欲操琴自我排遣。琴声响遍屋里，不觉其心静，反更见其烦躁。欲读书以开怀释闷，床头书卷翻遍，非但不能解忧，反而越觉心绪缭乱：徒有教养学识，只能供自己消遣，而无益于救国。因此"遍屋里""满床头"二句从词情上就能体会出诗人拨弦和翻书时烦乱的神情和动作。"虽言"二句说自己已经过庄周梦蝶一般的人生变故，然而却没有庄周那样豁达适志。也可以理解为：回想此生变故，身世如梦，却又偏偏是真，非如庄周仅是一梦而已。庄生梦蝶是一个熟典，用在这里，却显得意蕴丰富，并与"中夜"相照应，勾连成中夜梦醒的字面印象，从而又强调了琴书均不能使自己解脱的精神苦闷。

下面几句，由"中夜"暗渡到残月在天，秋气袭人。残月虽是从新月变化而来，但一弯玉弓却看上去与新月无别；秋气虽是今年刚刚感觉到的，但那新到的秋气与去年的、往年的也全然相似。"残月如初月，新秋似旧秋"，二句映衬出时光流逝、而诗人却年年如故的悲哀。"露泣连珠下，萤飘碎火流"，由"新秋"来，是写景，但又使人想象到诗人泪下如珠的悲咽，想象到他往昔火一般热烈的功名事业之心，到今已如萤火一般破碎而四处飘流。这两句富于意象，一个"碎"字道出了诗人此刻的心境。于是，诗在哀叹中结束：古人说乐天知命，便可不忧，然而自己又何时才能不忧呢?意思上承庄生梦蝶之典,谓此生永远不能达到乐天知命的精神境界,一结悲凉无限。

这首诗前半篇写中夜操琴、诗书满架的情景,后半篇写白露明月、萤火飘流的秋色,构成清雅优美的意境,词气声调中却溢出难以抑止的烦躁和忧闷,与身世如梦的迷惘之感奇特地交织在一起,表现极为别致,而又全出于自然之声情,从而含蓄而又深细地展示了诗人内心苦闷的另一个侧面。

(葛晓音)

拟咏怀二十七首(其二十四)

原文

无闷无不闷，有待何可待。
昏昏如坐雾，漫漫疑行海。
千年水未清，一代人先改。
昔日东陵侯，唯有瓜园在。

鉴赏

庾信在北方，长年哀故国之破亡，悲己身之屈节，实以一己之心灵，承受时代与个人之双重悲剧。本诗正是此种心情之写照。

“无闷无不闷，有待何可待。”起笔二句，便凸出一片痛苦之心态。无闷，语本《周易·乾·文言》“遁世无闷”。(孔颖达疏：“谓逃遁避世，虽逢无道，心无所闷。”)上句言自己虽欲避世，而终未能避世之痛苦、苦闷。下句谓曾有所期待，然而终无可期待之失望。清代倪璠《庾子山集注》云：“无闷无不闷，言己不隐不仕也。有待何可待，言欲待梁兴，而梁反亡也。”下句解得是，解上句则欠确。首二句之重点，是“无不闷”“何可待”，即未能避世(故“闷”)，且无可期待也。“昏昏如坐雾，漫漫疑行海。”此二句，进一步展开心灵痛苦、苦闷已成何种状态。如坐雾中，昏昏冥冥，无有一线光明。如行海上，漫漫苦海，不知何处是边。此二句,与其说是状出诗人对所生存之世界之感受,毋宁说是状出对自己内心世界之反省。生存空间如此昏昏漫漫,犹不可怕,内心世界如此昏昏漫漫,实可伤也。此二句描写内心世界,极为深刻,其比喻之艺术,亦极为善巧。杜甫《小寒食舟中作》"春水船如天上坐,老年花似雾中看",便可能脱胎于此。"千年水未清,一代人先改。"古代有"黄河千年一清"之传说,河清则天下太平矣。河清难俟。"俟河之清,人寿几何?"(《左传·襄公八年》引逸周诗)上句,千年是极言岁月之漫长,在诗人之心魂中,"千年"人心所向往之"水清",自是指天下太平,祖国昌盛。此即次句"有待"之所待者。下句言河清未见,而一代之人,已变为异国之民,甚至奴婢。《梁书·元帝纪》载西魏陷江陵,"选百姓男女数万口,分为奴婢,驱入长安,小弱者皆杀之"。此伤梁之亡,即次句"何可待"之落实。然而此句意蕴尚不仅此,实亦暗伤己之屈身仕敌,己之一身,便在此"一代人"之中。意脉由此遂转出结笔。"昔日东陵侯,唯有瓜园在。"结笔二句,托意于用典。《史记·萧相国世家》:"召平者,故秦东陵侯。秦破,为布衣,贫,种瓜于长安城东,瓜美,故世俗谓之'东陵瓜'。"结二句言"己本梁臣,今梁亡而留于长安,若东陵故侯也"(倪注)。故国之思,绵绵无尽,见于言外。结笔之精神,实有所振拔。在庾信之深层意识中,实在不甘屈节。事实上的辱身屈节,与深层意识中的不甘屈节之矛盾,构成庾信一生最大的悲剧。

此诗篇幅虽小,但包蕴极广大。诗人之心灵,实承受了时代与个人之双重悲剧。“千年水未清,一代人先改。”祖国沦亡,天下无道,是时代之悲剧。被迫辱身屈节而深层意识之中又不甘屈节,则是个人之悲剧。“昏昏如坐雾,漫漫疑行海。”在双重悲剧压力之下,诗人之心灵又怎能不痛苦以至于破碎。不应该蔑视一颗痛苦的、破碎的心。杜甫诗云“庾信平生最萧瑟”,已对庾信表示了极大的同情。

此诗突出之艺术造诣,在于直凑单微,呈示悲剧心态。诗人并未具体描写亡国辱身之种种现象,而是以极概括之语言、善巧之比喻,凸出悲怆痛苦之心灵状态(诗上半幅),进而更以极典型之成语、典故,暗示出悲剧心态之深刻根源(诗下半幅)。全诗笔墨极简练,而包蕴极广大,实是诗歌艺术之极高造诣。杜甫《戏为六绝句》之六云:“庾信文章老更成,凌云健笔意纵横。”老更成者,此之谓也。

(邓小军)

拟咏怀二十七首(其二十六)

原文

萧条亭障远,凄惨风尘多。
关门临白狄,城影入黄河。
秋风别苏武,寒水送荆轲。
谁言气盖世,晨起帐中歌。

鉴赏

庾信留仕北朝后,常常面对异域风物而起羁旅之叹。但这首诗中所描写的边塞景象,并不一定是即目所见,而是综合若干具有北方特征的景物,再联系几个典故,构成冷落萧条的总体印象,借以抒写出心头的凄凉之感。

"萧条亭障远,凄惨风尘多。"北朝边塞多年来战事不断,北魏、北齐都曾修过长城,故亭堠堡障连绵不绝。亭堠是一种专用于守望的简易建筑,堡障则是驻兵的小城,均为长城的附属设施。这二句写的是长城在北方广漠的边境上延伸开去的景象:亭障相属,风尘蔽日,一派惨淡光景。"萧条"二字,暗点季节已是秋令,同时又与"凄惨"相应,造成一种"秋风萧瑟"的灰暗情调,从而使诗歌一起调便进入了一种冷落萧索的境界。

"关门临白狄。"历代王朝修筑长城,都是为了防御北方外族来犯。北朝也遭受柔然、突厥等强敌的频繁入侵,所以关门之外,尽是敌骑驰骋之地。白狄为春秋时狄族之一支。这里代指北来异族。“城影入黄河”,长城的巨大身影映入黄河,这奇观可能是实写某处长城与黄河相接的景象,然而也恰好借黄河概括了关城以内黄河流域的广大地区。这样,“白狄”与“黄河”的对仗,就不仅是为了字面色彩的整齐对应,而且更含有长城内外华夷之别的寓意,显得极为工巧。正因如此,这两句相对首二句而言,固然可看作是近景的摄取,但更应看作是一种高度的抽象描写。这种抽象化,又使写景的线条变得疏简,与首二句相呼应,更突出了关河冷落的印象。

“秋风别苏武,寒水送荆轲。”以李陵长绝、荆卿不归自喻身世,在庾信诗中多见。“秋风”二句亦正是重复《拟咏怀》之十“悲歌渡燕水”一诗中的意思。但这两个典故用在此处,不仅感慨自己诀别故国,长留异域,而且还借其中的“秋风”“寒水”之语,为亭障萧条、风尘凄惨的意境添加了瑟瑟寒意。当然,诗人已不复有荆卿当初发指危冠的豪情了,何况即使有项羽那样的盖世英雄之气,身陷此境,也只好无可奈何地作“时不利兮骓不逝”的帐中歌了。末二句用项羽被围垓下、夜起饮帐中、慷慨悲歌的故事,一典二用,既借喻梁亡,点明诗人所以陷入困境的原因,又形容自己在北朝营帐中悲吟的情状。“谁言气盖世”,暗中承接“寒水送荆轲”一典,而将其激昂凌厉的气概,翻转为自嘲自责的哀叹,益见出诗人的悲惋与无奈。“晨起帐中歌”又借典故字面意义,与前六句合成一个完整的境界,勾出了诗人遥看亭障关河,面对秋风寒水,在边塞的帐幕中晨起悲歌的形象。

善于从周围环境中提炼与诗人心境相合的印象,同时以最简练的手法表现出来,使诗人寂寞悲凉的心情与萧条冷落的外景融为一体,是这首诗所提供的重要经验。此外,全诗除第二句为三平调外,其余各句平仄粘对均暗合五律的规则,已可视为唐人五言律诗的先声。

(葛晓音)

奉和示内人

原文

然香郁金屋，吹管凤凰台。
春朝迎雨去，秋夜隔河来。
听歌云即断，闻琴鹤倒回。
春窗刻凤下，寒壁画花开。
定取流霞气，时添承露杯。

鉴赏

题云“奉和”，似为仕梁时和简文帝萧纲而作；“示内人”，为原诗题目。齐梁之际，君王提倡于前，臣僚响应于后，遂形成一种华艳柔媚的文风，世谓之“宫体”。在这股潮流中，徐陵、庾信并重绮艳，独擅胜场，成为宫体诗的代表作家。这首诗也带有宫体色彩，然于绮丽之中，尚能透露清新的气息。

起首二句写室内情景。在内人的闺房中，香气氤氲，箫声缭绕，一开始便渲染出一种和谐而又宁静的气氛。“郁金”者，香草也，色黄而形似芙蓉。古乐府云：“卢家兰室桂为梁，中有郁金苏合香。”从这一旁证中，可以想见此处居室的华贵。“凤凰台”用《列仙传》故事，据云萧史善吹箫，秦穆公以女弄玉妻之，并为他们构筑了新房——凤凰台。

夫妇二人在一起吹箫，借以象征琴瑟和谐的闺帏之乐。二句仅十字，便勾勒了南朝贵族豪华佚乐生活的一个缩影。

“春朝”二句，紧承起首意脉，写房中乐事。语虽清新流丽，然亦有二典。“春朝迎雨去”，即宋玉《高唐赋》所谓“朝为行云，暮为行雨”；“秋夜隔河来”，即《续齐谐记》所谓“七月七日，织女当渡河”。一句是巫山云雨，一句是七夕佳期，皆暗喻良宵欢会。情趣蕴藏在流丽的语言与隐晦的典实中，只能使读者意会，而不可以言传，可谓含蓄得妙。“听歌”二句与起首第二句相映射，写唱歌与弹琴。据《列子》云：“薛谭学讴于秦青，辞归，青饯于郊衢，抚节悲歌，声振林木，响遏行云。”又《风俗通义》载，春秋时师旷为晋平公作“清角之音”，引来仙鹤十六只；再奏之，鹤成列；三奏之，则延颈而鸣，展翅而舞。这里用来形容歌声的激越感人，琴音的美妙动听，然而角度却作了很大的调整：即由演唱者、弹奏者改为赏音者，也就是变成了作者自己，从而与“春朝”二句一样，在字面上抹去了用典的痕迹，呈现出浑成自然、和美流转的艺术风貌。

下面“春窗”二句，乃是回应首句，集中笔力刻画居室的某些细部。原来那美丽的窗棂上刻着凌空而下的凤凰图案，素净的墙壁上画有盛开的鲜花。妙在“窗”以“春”修饰，“壁”以“寒”形容。同一居室，既曰春，又曰寒，岂不是相互矛盾？盖窗口向阳，色调偏暖，故曰“春窗”；而墙壁在内，素净而暗，故曰“寒壁”。在这作者特意安排的明暗对比中，更突出了凤之飞动，花之明丽。诗人在炼字琢句上，可谓煞费苦心。

结尾二句，笔触又掉转来写人。诗中的主人公经过尽情极致的欢乐之后，亟须饮料解乏。“流霞气”，原指道家的仙酒，《抱朴子》载项曼都自云：“仙人以流霞一杯与我，饮之，辄不饥渴。”又《三辅旧事》谓汉武帝建章宫有一铜制的仙人掌承露，能和玉屑饮之。诗中人物听歌弹琴以后，又同饮美酒清露（其实指茶水），至此，诗之节奏，便由热烈欢快，趋于宁静恬适，与起首的基调取得了和谐的一致，于是完成了一曲房中乐。

这首诗的艺术特色表现在三个方面：第一是用典多而巧。全篇十句，竟有八句用典，有的是明用，有的是暗用，虽不能说恰到好处，却也自然得体。由于典故所含的信息量大，所以在较高层次的读者中，会引起丰富的联想；然而缺点也正在这里，由于典故过多，影响了形象的鲜明性，使一般读者感到晦涩难解，产生了“隔”的感觉；第二是全篇讲究对仗。诗中十句，分为五联，对仗十分整齐，类似后来的五律和五言排律。清人刘熙载说：“庾子山《燕歌行》开唐初七古，《乌夜啼》开唐七律，其他体为唐五绝、五律、五排所本者，尤不可胜举。”（《艺概》卷二）对五律、五排来说，对仗是必要的条件，这里已开其端倪；其次是平仄协调，音韵和美，这一点《奉和示内人》也已略具雏形，唯其中尚有犯孤平和失粘之处，因此还不能说是标准的律诗。但它早于唐律一百年，在诗歌发展史上，应具有一定地位；第三，此诗的结构，看似散漫，实际上还是严密的。起首二句笼罩全篇，为人物设置了活动的环境；三、四两句蝉联而来，有一气呵成之势。五、六两句承第二句，七、八两句应第一句，既做到环环相扣，又能够疏落有致，使用典过多所造成的窒息氛围为之缓解，这一经验很值得记取。

（徐培均）

登州中新阁

原文

跨虚凌倒景，连云拒少阳。
璇极龙鳞上，雕甍鹏翅张。
千寻文杏照，十里木兰香。
开窗对高掌，平坐望河梁。
歌响闻长乐，钟声彻建章。
赋用王延寿，书须韦仲将。
龙来随画壁，凤起逐吹箫。
石作芙蓉影，池如明镜光。
花梁反披叶，莲井倒垂房。
徒然思燕贺，无以预鹍翔。

鉴赏

题目“登州中新阁”，所写的自然不只是“新阁”本身，而是从登阁的所见所闻所感谈起。既称“州中”，或为作者任洛州刺史时所作。据《魏书·地形志》，洛州是北魏时期设置的州级建制，北齐、北周沿用，其治所洛阳是东汉、曹魏和西晋的故都。庾信的这首诗，或因此缘故也多了几分东汉文赋气象。读者站在主人公视角，随着登阁过程的推进，不断地移步换景，看到的画面犹如剪辑完成的影片，各种景象鱼贯而来。

首句“跨虚凌倒景”中的“虚”字,《尔雅》释为“空也”。诗中的“虚”指如同空无境界一般的极高之处。今之道教仪式仍有“步虚”礼仪。而诗中的这位登阁者,不只是“步虚”还“跨虚”。“景”多认为通“影”,“倒景”便是位置比日月还要高的事物,被下方光芒照射所得的影子。登阁者“跨虚”后,处在比日月乃至“倒景”还高的位置,极力夸张新阁之高。登上了如此高峻的新阁,主人公一点也不恐高,还自信地感慨道:“连云拒少阳。”“少阳”是《易》所称四象之一,《汉书·律历志》:“少阳,东方也。”“拒”有相接之意,联系它的本义“抵抗”,便能想象新阁极高,与云相接,和东方初升的朝阳分庭抗礼。

前两句先言新阁之高,接着开始描写细节。主人公登上最高处,能够看到“极”“甍”(均指最高处的屋梁)等建筑结构。它们上面嵌入的美玉像龙鳞一样密集,雕刻的鹏鸟振翅欲飞。第五、六句化用西汉司马相如《长门赋》:“刻木兰以为榱兮,饰文杏以为梁。”《西京杂记》称文杏是“材有文采者也”。《述异记》记载吴王阖闾种植木兰以建宫殿。用文杏和木兰作比,称赞建筑材料的名贵。文杏和木兰都是开花植物,“千寻文杏”“十里木兰”是气势磅礴、华美艳丽的景象。

第七、八句“开窗对高掌,平坐望河梁”,表现了新阁地理位置的优越。“高掌”用班固《西京赋》“高掌远蹠”典故。

原文中指华山与少华山两座高山如同两只手掌，也可引申为两座并立的高山。“河梁”即河上桥梁，或河与桥梁。清代倪璠引曹丕《燕歌行》“尔独何辜限河梁”解为：“言阁之高，上凌天河也。”鉴于开头已经强调过新阁极高，而“河梁”没有特指某处的含义，此处完全可以解释为现实中的河流和桥梁，与上一句的“高掌”形成呼应。主人公在高阁之上，开窗平坐，遥望远方，心旷神怡。

第九、十句提到了长乐宫、建章宫两处西汉宫殿，它们都位于长安，也是当时北周的都城。根据古代地理著作《三辅黄图》，长乐宫原是秦之兴乐宫，建章宫在未央宫西。新阁里奏唱音乐的是最优秀的艺人和乐器，他们的乐声能传到几百里外的长安皇宫。为新阁作赋题辞的人也不一般，“赋用王延寿，书须韦仲将”，他们的作品堪比辞赋家王延寿、书法家韦诞。东汉王延寿有《鲁灵光殿赋》，三国韦诞曾登梯题写殿上匾额。前十二句使用了大量典故，绘制了宏大的现实空间和辽远的历史空间。从第十三句起，诗人开始用精雕细刻的手法描写新阁。

“龙来随画壁，凤起逐吹簧。”阁上的绘画、雕刻也十分精妙，龙像是会行动的真龙，凤好像正在演奏音乐的笙。簧指笙，是历史悠久的簧片吹奏乐器，有“笙簧”之名，笙的形状像是人们想象中的凤。“石作芙蓉影，池如明镜光。”如果登阁的时间，是在前文所说的“文杏照”“木兰香”的春季，那么水芙蓉和木芙蓉都不在花期，由精致的石雕担任

“芙蓉”的角色。明镜一样的池水映照石雕芙蓉的影子，无花似有花。“花梁反披叶，莲井倒垂房。”引用了《鲁灵光殿赋》：“圜渊方井，反植荷蕖。”莲井即绘有菱荷图形的藻井，是中国古建筑内顶部的常见构件。这里的“反披叶”“倒垂房”描摹阁内雕梁画栋，极赞其纹饰美丽逼真。最后用《淮南子》“大厦成而燕雀相贺”。新阁落成，竟有大鸟“鹍”飞来祝贺，燕雀之流显得难以参与到祝贺队伍中去了。全诗引用大量典故，尽其所能地进行夸张描写，颇有汉赋遗风。

（郭小小）

归　田

原文

务农勤九谷，归来嘉一廛。
穿渠移水碓，烧棘起山田。
树阴逢歇马，鱼潭见洒船。
苦李无人摘，秋瓜不直钱。
社鸡新欲伏，原蚕始更眠。
今日张平子，翻为人所怜。

鉴赏

清代倪璠在《庾子山集注》中说："子山欲归田里，故作是诗。"但并不意味着写作归田诗、归田赋者必定会归田隐居，这种"欲归田里"大多数时候来自心理需求。人们在复杂的社会中摸爬滚打、身心俱疲，就会向往田园牧歌，写下归田之作。而农田山林之中的辛苦劳作、自然灾害、交流不便等因素，又促使田园中人离开田地"出山"。归田和出山，可能只是停留在内心，或是付诸文字，当然也可能成为实际的行动。庾信的这首《归田》，便是用文字描写了十个不同的画面，构成一幅完整的田园生活图像。

首句"务农勤九谷"中的"九谷"出自《周礼・天官・冢宰》："以九职任万民：一曰三农生九谷。"郑玄注"九谷"为黍、稷、秫、稻、麻、大小豆、大小麦九种农作物，一说无秫、大麦，而有粱、苽。第二句“归来嘉一廛”中的“廛”，本义指百亩土地。战国时孟子认为，西周井田制给每户人家授田一百亩（与今亩大小不同），故后人以百亩或“廛”代称一户农家理想状态下拥有的土地。诗人希望勤于耕种能够带来“嘉一廛”，即家中田地的丰收。

小农经济脆弱，一廛之地不足以保障生活，拥有财力的人就会开垦荒地、购买新田，也就是：“穿渠移水碓，烧棘起山田。”他们或是合家上阵，或是指挥仆从，开凿水渠，安装借助水力舂米的水碓，焚烧荆棘杂草开垦田地。南北朝时代人口尚未爆炸，未开垦的荒地范围极广。而目前常见的许多外来高产作物如番薯、玉米、豇豆等还没传入国内，本土的菘等作物也没出现大白菜这样的高产形态。在单位面积食物产量远远不及后世的情况下，人们只能选择开垦荒地。

主人公希望和有共同语言的人交流，庄园里的家属、仆从未必能满足他的此类精神需求。所以他认为理想的田宅是“树阴逢歇马，鱼潭见洒船”。居所交通便利，朋友们时常骑马乘船来找他相聚。“苦李无人摘，秋瓜不直钱”，田园物产丰富，招待朋友的都是美味应季瓜果，不需要采摘“苦李”“秋瓜”。“苦李”典出三国末期“竹林七贤”中的王戎。他年幼时和同伴见到路边李树结果，其他孩子纷纷采摘，只有王戎不为所动，说：“树在道边而多子，此必苦李。”

(《世说新语·雅量》)结果李子果然是苦的。“秋瓜”出自《吴越春秋》,吴王夫差被越国军队赶出国都,仓皇逃亡的路上只能吃质量不佳、留作肥料的秋瓜充饥。

到了晚上,“社鸡新欲伏,原蚕始更眠”,又是一副安静祥和的景象。主人公想起东汉的张衡(字平子)因为不满于宦官专权,想要归田隐居,创作了著名的《归田赋》。他怜惜张衡当年的困顿和无奈:“今日张平子,翻为人所怜。”他自己则是在风调雨顺、社会环境安定的时候,出于内心的愿望选择了隐居,可比张衡幸运太多了。

(郭小小)

岁晚出横门

原文

年华改岁阴，游客喜登临。
据鞍垂玉帖，横腰带锦心。
冰弱浮桥没，沙虚马迹深。
倚弓依石岸，回床向柳阴。
智琼[1]来劝酒，文君过听琴。
明朝云雨散，何处更相寻？

注

① 智琼：三国时魏济北郡从事弦超，中夜独宿，梦一神女来游，自言姓成公名智琼。连续三四夜，皆入超梦。后一夕，女子盛装来游，遂与超结为夫妇。

鉴赏

题目中的“岁晚”指立春。当立春出现在农历上一年年末时，可称“岁晚”。“横门”可指军营之门。汉代长安城西北处通往西域的大门也称“横门”。故而题目意为：在立春时节走出横门。

首句“年华改岁阴”让人联想到谢灵运《登池上楼》“新阳改故阴。”但谢诗所写是冬之太阴，变为春之少阳，庾诗则是写年华改岁，感到时光易逝。此时“游客喜登临”，又改宋玉《九辩》“登山临水兮送将归”之悲为喜，为场景增添了温馨气息。

第三、四句“据鞍垂玉帖，横腰带锦心”，正面描写主人公的动作和服饰细节，勾勒出了踌躇满志的姿态。主人公“据鞍”本是骑在马上的寻常动作，但结合东汉马援老当益壮、“据鞍顾眄”得到帝王任用的典故，腰间还悬挂着官府任命文书“玉帖”，就显得更加意气风发。“横腰”常指腰间横佩刀剑，“锦心”常指文才，也指织锦装饰。“横腰带锦心”便是文武双全的形象。

主人公的旅途不顺利，“冰弱浮桥没，沙虚马迹深”。初春河冰解冻，无法像寒冬一样以冰为桥横渡河流。他改走陆路，遇到了土质松软的沙地和解冻的冻土地，马蹄深深陷入土中，步履艰难。他命令随从下马休息，又恐有野兽、盗匪来袭，于是把弓上好弦，靠在岸边岩石处，在柳树荫下放置坐具歇息，正是“倚弓依石岸，回床向柳阴”。

此时，刚刚走出横门的兴奋情绪已在旅途中被忧郁情绪取代。主人公和随从饮酒奏琴，半醉半醒之际有人偶然路过，劝酒听琴。恍惚间，他觉得来人是传说中的成公智琼这样的仙女，或是历史上的卓文君这样的佳人，说：“智琼来劝酒，文君过听琴。”高兴地和“智琼”“文君”们把酒言欢、弹琴为乐。欢乐之余，仅存的一点清醒意识提醒他：“明朝云雨散，何处更相寻？”仙子佳人们像宋玉《高唐赋》中的巫山神女，无论今日怎样和自己极尽欢愉，明朝都会各奔东西，快乐化为梦幻。

题目中的“横门”究竟是军营门，还是长安城门？第三、四句中主人公骑马出行，垂玉带锦，服饰精美，似非军营常见风格。第五、六句他骑马经过河流和沙土地，“横门”是军营门或长安城门似均可成立。美人与云雨的意象似乎暗示这是一场发生在都市中花街柳巷的邂逅，然此时军中也有营伎，仍然难以确定饮酒听琴之人究竟是何种人物。“横门”的意义，还埋藏在漫长的历史中，等待后人发掘。

（郭小小）

梅　花

原文

当年腊月半，已觉梅花阑。
不信今春晚，俱来雪里看。
树动悬冰落，枝高出手寒。
早知觅不见，真悔着衣单。

鉴赏

这首诗题为“梅花”，写的却是访梅不遇的经历和感受。首句“当年腊月半”之“当”，《文苑英华》收录本诗时作“常”。无论是“当”还是“常”，均可解释为诗人来自南方，没有充分了解北方物候，以为北方梅花也和南方梅花一样，腊月半已经“梅花阑”。实际北地初春仍是雪花飘飞，梅花可能还没开放，诗人没想到自己竟然在春天寻访雪中梅花，“不信今春晚，俱来雪里看”。

前四句诗只字不提故土乡关之思，而是从生活细节上表露无遗。可以想象，初春的一天，诗人在北地的友人同僚邀请他赏梅。他感到惊异，问春日何来梅花。大家也露出不解的表情，告诉他赏梅的适宜季节确实是初春。诗人想起北方物候与南方不同，便跟随他们前往。路上他们交流起了南北差异的问题，盛赞华夏之大能包容诸多妙异奇象，又深感当前诸侯割据、南北对峙，曾经的辉煌何时才能复现?

人们记录赏梅经历时,往往最先写到梅花,它是一株梅树上最容易吸引到注意力的部分。从这首诗来看,诗人没有寻得梅花,他看到了“树动悬冰落”,即梅树上悬着冰柱,树枝颤动,冰柱应动而落。“枝高出手寒”一句素来为后人称道,明代谭元春《古诗归》称赞此句:“不言梅花,即是入梅花坞中矣。”梅花枝干苍劲曲折、横逸斜出,颇有高士之风,而高处不胜寒。这一天又是春寒料峭、冰雪未消。“枝高出手寒”既是说诗人伸手出袖,想要接近梅枝,感受到了刺骨的寒冷,又写出了梅花树枝如同高士嶙峋的身影,伫立于寒冷清空之下,一副曲高和寡,更显孤独的姿态。来访的贤人正好能作为梅花的知音。

然而这一年的春天来得格外晚,梅花尚未开放。诗人没有寻到的除了梅花,还有春天应有的暖意。“早知觅不见,真悔着衣单。”如果早知道梅花还没开放,春天还没真正来临,他就不会脱下冬装换上春装,来寻觅梅花。他寻梅与梅花是否开放无关,看到“树动悬冰落,枝高出手寒”便不遗憾。他真正感到遗憾的是“着衣单”,只能匆匆行来、匆匆离去,与梅共处的时间太过短暂。

梅花是古代诗人经常吟咏的对象之一,清代沈德潜《古诗源》说:“古人咏梅,清高越俗,后人愈刻画,愈觉粘滞。古人取神,后人取形也。”意为咏梅讲求清高越俗,取神而不强求取形,若一味刻画梅花表象,反会落入下乘。庾信的这首《梅花》,直接写梅花者只有“树动悬冰落,枝高出手寒”两句,却恰到好处地描绘出了寒冰冷雪中梅花刚毅稳健、孤高清逸的意态与神韵。这一刻,有花无花并不重要,因为人们赏梅,从来不会仅仅观赏它的花朵。

(郭小小)

春　望

原文

春望上春台，春窗四面开。
落花何假拂，风吹会并来。

鉴赏

本诗篇幅短小，而极尽春意。前两句仅十个字，其中有三个是“春”字。加上题目，前半部分十二个字总共有四个“春”字。此种写法类似民间歌辞，放弃了一部分格律束缚，显得活泼自由，让诗中溢满的春意充分地显现出来。

首句“春望上春台”，表面意思即一个春日，诗人登上“春台”，居高望远。“春望”时需选择视野开阔之地，适合“春望”的高处就可称为“春台”。“春台”一词典出《老子》：“众人熙熙，如享太牢，如春登台。”即春天人们其乐融融地登上高台，参与太牢祭祀和相关活动。故而“春台”二字蕴含有春回大地、祥和安乐的意义。

第二句“春窗四面开”表明“春台”上有可开窗的建筑物。当建筑物四面开窗时，阳光照射，空气流通，室内人们不觉阳光刺眼、风势强劲，只觉“春窗”就应该“四面开”，让如荼似火的春意从四面八方到来。这句没有直接说出人们如何喜爱春天、欢迎春天，而是用打开建筑物四面的窗、迎接和拥抱春天的举动，来表现人们对春天的期待。

人在春台上感受春天，即使“春窗四面开”，到底和大自然还有一层间隔。当人们为此感到些许遗憾时，一阵春风把落花送进了春窗。风吹落花入窗棂，室内的人触碰到了本来停留在室外的自然物，顿时不觉得室内被春意忘却。落花无须人去拂扫，春风能够将它们吹入屋中，正为：“落花何假拂，风吹会并来。”“拂”的动作，多少有点强行打扰落花的意味，“风吹会并来”则是完全的自然之道，与出自《老子》的“春台”典故相合。整首诗简洁舒展、浑然天成，融自然之道于春望之喜，是一首意趣横生的短章。

此诗未被收录入《玉台新咏》这部标志着宫体诗达到全盛的诗集，但确可称为宫体诗。《玉台新咏》中收录的南朝诗作以宫体为主，成书时供职于萧梁朝廷的庾信，也有十余首诗被收录其中。宫体诗起源于东晋、南朝时兴起的民歌“吴声西曲”。吴声即吴地民歌，流行于以建康（今江苏南京）为中心的长江下游地区。西曲流行于长江中游的商业重镇荆、郧、樊、邓（即今湖北荆州、襄阳及河南南阳一带）。它们大多是五言四句，对格律和用字的要求不十分严格。诗人们把民间歌辞的创作方法引入文人诗，用来书写宫廷生活和美人情态，形成宫体诗。这首诗具有萧梁宫体诗轻艳柔丽的特点，吸收了民间歌辞的创作方法，又不失清新自然。

（郭小小）

西门豹庙

原文

君子为利博，达人树德深。
蘋藻由斯荐，樵苏幸未侵。
恭闻正臣祀，良识佩韦心。
容範虽年代，徽猷若可寻。
菊花随酒馥，槐影向窗临。
鹤飞疑逐舞，鱼惊似听琴。
漳流鸣磴石，铜雀影秋林。

鉴赏

西门豹，战国时魏国人，完整传记最早见于《史记·滑稽列传》。滑稽，又作“滑稽”，唐代王叡《炙毂子》认为滑稽原为流注液体的器物，后人用以形容“言语捷给，应对不穷”，也就是能言善辩、言语流利。他最著名的故事，可能要数担任邺（今河北临漳）令期间制止“河伯娶妇”事件了。

当地的巫祝逼迫百姓为漳河河伯娶妇，扬言如不照办就会大水泛滥。所谓河伯娶妇，就是巫祝从普通人家强征美貌女子，扮做新娘形象，坐在床席上沉入河中。每次不仅要残忍地杀死一条生命，三老、廷掾等官吏士绅还借此对百姓横征暴敛。百姓纷纷出逃，地方越来越贫穷。西门豹以新娘相貌不美、需向河伯禀报改日再娶为名，把大巫祝和三老投入漳河，说河伯把他们留下了。从此无人再提河伯娶妇之事。

这一事件中，西门豹计策周密，言谈机智，入《滑稽列传》当之无愧。此后，他组织开凿“引漳十二渠”，引漳河水灌溉民田，实行寓兵于农、藏粮于民的政策，让邺县成为魏国重镇。如《史记·河渠书》所言：“西门豹引漳水溉邺，以富魏之河内。”

“君子为利博，达人树德深。”这位贤士能人，凿渠灌溉，断绝淫祀，可谓利博德深，得到后世的敬仰和纪念。他的祀庙内，“蘋藻由斯荐，樵苏幸未侵”。蘋藻本为水中植物名，古人用其祭祀，引申为祭品。樵指砍柴，苏指取草，樵苏意为砍柴割草。故三、四句意为人们恭敬地给西门豹庙献上祭品，砍柴割草时从不惊扰。

“恭闻正臣祀，良识佩韦心。”正臣即西门豹。《韩非子·观行》：“西门豹之性急，故佩韦以自缓。”意为佩戴熟牛皮阻滞行动来提醒自己不可过于急躁。同理也有：“董安于之心缓，故佩弦以自急。”下两句“容範虽年代，徽猷若可寻”中的“徽猷”出自《诗经·小雅·角弓》：“君子有徽猷，小人与属。”治理一方的“君子”如果德高望重、善于谋划，普通人自然来追随。《世说新语·品藻》中，庾龢评价廉颇、蔺相如千年之前就已经死去，“懔懔恒如有生气”。这首诗中庾信也称赞西门豹虽然所处年代久远，他的德行和功绩依旧为人传颂。

西门豹庙里种植了菊花和槐树。诗人来访时正值秋季，菊花盛开，槐树尚未落叶，“菊花随酒馥，槐影向窗临”。庙宇所在地附近有天然水域，鱼和仙鹤在那里栖息，富于活力和灵气：“鹤飞疑逐舞，鱼惊似听琴。”典出东汉王逸《楚辞章句》注刘向《九叹 · 忧苦》“听玄鹤之晨鸣兮，于高岗之峨峨”句：“故师旷鼓琴，天下玄鹤皆衔明月之珠以舞也。”以及《韩诗外传》：“昔伯牙鼓琴，而渊鱼出听。”琴的音色柔和深沉，余韵悠长，常与仁人庄士联系在一起。也许此时庙内确实有人正在奏琴，或是诗人以“琴”代指西门豹德音百世流芳，连鱼鸟也为之感动。同时远处的“漳流鸣磴石”，天然的石音(“石”也是古时“八音”之一)，与琴音相互应和。末句“铜雀影秋林”提到铜雀台，《水经注》载东汉末年曹操下令将漳河水引入这里。距离西门豹庙不远的铜雀台，也享受了西门豹的恩惠。

（郭小小）

伤往二首

原文

见月长垂泪，花开定敛眉。
从今一别后，知作几年悲。

镜尘言苦厚，虫丝定几重。
还是临窗月，今秋迥照松。

鉴赏

两首诗借鉴了吴声西曲的风格，语词清新自然，体裁为五言四句。题目“伤往”直接点明，内容是感伤往事。清代倪璠注第一首：“此子山乡关之思也。”实际这两首诗没有点明究竟所思何事、所伤何往，后来的读者不必为这条批注所限制。

第一首用诗歌中常见的场景“见月长垂泪，花开定敛眉”表达伤感悲哀之情。这两句当非实写而是夸张。若一个人的悲哀伤感情绪，真的达到了一见月亮出现必定哭泣流泪、每逢花开就会忧愁皱眉的程度，体力精力恐怕无法长期支撑。但花与月，确实非常容易勾起怀念旧事、思念旧人的情感。数百年后的白居易用一句诗，直截了当地描述此种规律：“雪月花时最忆君。”（《寄殷协律》）

月相与花期是人们易于注意到的物候变化。它们用不断变动的状态，时刻提醒大家，节序永远在向前推移，所谓："逝川与流光，飘忽不相待。"（李白《古风五十九首·其十一》）诗人看到月相轮转、花开花谢，对于时间流逝的感触更加深刻。月相和花期变化一次，自己距离陈年往事就又远了一层。时间越来越久，经历了太多物候变化的诗人，在意识中模糊了"从今一别后"的具体日期，慢慢连经过了多少岁月也计算不清，或是不忍计算，故而"从今一别后，知作几年悲"。

第二首似是怀人之作。"镜"是内室常用的器具，因为主人早已离去，长期无人使用的镜子落满了厚厚的灰尘。不只是镜子，这位主人很长时间没有出现在房间里，整个房间布满了蜘蛛网。《论衡·别通》："观夫蜘蛛之经丝以罔飞虫也，人之用作，安能过之？"蛛网多，意味着虫类多。蛛网密布的房间显然很长时间没人住过了。

这处房间曾经充满了生活气息。现在，那个已经离开的主人在这里生活过的痕迹像镜子一样蒙上厚重灰尘，被密密麻麻的蜘蛛网封锁。离去之人的痕迹，似乎随着时间的流逝逐渐消退。当月亮升上天空，本就清冷的秋夜显得更加凄凉。月光远远地照着窗边的松树，照进居室。房间被照亮了，却透着不属于这个空间的气氛。为这个房间带来生机的人离去得太久，久到亲友都已将其忘却，只有月光，不时降临这处居室，似乎在怀念曾经的一切。

（郭小小）

夜听捣衣

原文

秋夜捣衣声，飞度长门城。
今夜长门月，应如昼日明。
小鬟宜粟瑱，圆腰运织成。
秋砧调急节，乱杵变新声。
石燥砧逾响，桐虚杵绝鸣。
鸣石出华阴，虚桐采凤林。
北堂细腰杵，南市女郎砧。
击节无劳鼓，调声不用琴。
并结连枝缕，双穿长命针。
倡楼惊别怨，征客动愁心。
同心竹叶椀，双去双来满。
裙裾不奈长，衫袖偏宜短。
龙文镂剪刀，凤翼缠篸管。
风流响和韵，哀怨声凄断。
新声绕夜风，娇转满空中。
应闻长乐殿，判彻昭阳宫。
花鬟醉眼缬，龙子细文红。
湿折通夕露，吹衣一夜风。

玉阶风转急，长城雪应闇。
新绶始欲缝，细锦行须纂。
声烦《广陵散》，杵急《渔阳掺》。
新月动金波，秋云泛滥过。
谁怜征戍客，今夜在交河。
栩阳离别赋，临江愁思歌。
复令悲此曲，红颜余几多？

鉴赏

古人制作寒衣之前，需将衣料捣软。因此，古代诗人往往通过捣衣这一生活细节来表现思妇对征夫游子的怀念之情。第一次将长安秋夜一片捣衣声写入诗中的，是北朝诗人温子昇。庾信这首诗的写作年代虽比温子昇《捣衣诗》略晚，但表现艺术之独特，构思和想象之奇巧，远远超出于当时同类题材的诗歌之上。

诗一开篇，便扣住“夜听”二字，展现出万家捣衣声在长安城中回荡的景象。并选取长门宫这一视点，想象那深闭在冷宫中的美人听到这片捣衣声时，该是何种心情。但诗人并不写美人望月的情景，只是以一个“应”字，揣度今夜长门的月亮应像白天一样明亮，令人从愁人对月色的感受中想见她的辗转不寐，这就使明月夜砧的悲怨情调从一开始就笼罩了全诗。

古人捣衣，两女子对立，执一杵共捣，犹如舂米。以下各句均从这一动作生发联想：首先围绕着捣衣女子的装饰、砧石、舂杵，化用大量典故，写女子月下捣衣的美丽场景。“小鬟”句用汉明帝马皇后的故事。马后美发，梳四起大髻，还有余发绕髻三匝。眉不施黛，独左眉角小缺，补之如粟。“瑱”指耳珰。“圆腰”可能是一种包裹于腹上的巾帕。这两句写女子浓发小鬟，眉黛耳际稍事妆饰，又以织成的巾帕束腰，以便于舂杵。捣衣女子俏丽、便捷的风姿便依稀可见。“秋砧”以下六句从砧与杵相击撞的关系落笔，将单调的捣衣声写得既有情趣又富于变化。寒砧调出急促的节奏，乱下的舂杵便变出一片新声。古人称民间流行的哀怨曲调为“新声”，因此这里以“急节”“新声”为喻，便使人觉得那杵砧相撞所奏出的正是女子心中的哀歌。秋石干燥，桐杵清虚，两下相击，声音也愈加响亮。这里说砧石用出于华阴县的鸣石作成，虚桐采自鸣凤栖息的树林，均出自神话传说。据说鸣石似玉而青，撞之声闻七八里。凤林谓黄帝园林中多鸣凤。“石燥”四句暗用乐府民歌排比复叠的句法，既着意描绘砧和杵的珍贵，又渲染出砧声的清越嘹亮。《搜神记》说：有一个叫何文的人傍晚入北堂，见梁上有一高冠朱帻之人呼“细腰”，细腰答应，何文便问细腰是谁。细腰说：自己是杵，在灶下，梁上衣冠者是金，在西壁下。何文掘金烧杵，由是大富。《水经注》说：汉水南有女郎山，山上有女郎冢，有路名女郎道，下有庙及捣衣石，据说女郎即张鲁之女。这二句取“细腰杵”和“女郎砧”对偶，是为了点出捣衣女郎的腰肢纤细、风姿娇弱。“击节”二句是总结，赞美杵击砧之声谐于音节，胜似鼓琴。这一大段从不同角度化入砧与杵的有关典故，无论放开兜转，都句句不离砧声。四对句子均用砧与杵对偶，却能在重叠中见出繁复的变化，从而将捣衣一事写得极富诗意，构成了一个繁弦促管般的境界。

以下推开一步，由捣衣联想到制衣所用的针线、剪刀等物件，在细腻的模态状物中写出哀婉缠绵的离愁别怨。“连枝缕”与“长命针”典出《西京杂记》：戚夫人侍儿贾佩兰说在宫时，七月七日以五色缕相羁，谓之相连爱。八月四日在竹下围棋，输者终年疾病，取丝缕就北辰星求长命，乃免。“并结”四句谓女子捣衣时，见衣中缕犹并结，针尚双穿，这成双成对的针针线线，不由得使倡楼女子、匆匆行客，都观之而惊起离恨别怨，再进而引起当初男女二人双双将同心酒斟满竹叶椀（椀即“碗”）的美好回忆。“同心”与“双去双来”又可比拟二人对面舂杵的动作，这就又自然地将针线勾起的别怨与眼前捣衣的情景串联起来。“裙裾”四句，写女子裁衣时费尽思量，剪刀上刻镂龙形，篸管上饰以凤纹，均以龙凤相戏之意暗寓男女和合之情。篸，通簪字。倪璠注：“篸，疑即‘篡’，音赞，缀衣也。”但“缀衣”之意和下文“管”字不连属。篸，从竹，篸管疑指箫笛一类竹制管状乐器。这里借剪刀与篸管上下对仗，引出“风流”八句，描写箫管之声与砧声相和，风流哀怨，新声凄婉，在秋风中萦绕，在夜空中飘扬，也传到了长乐宫和昭阳殿。长乐宫有长信殿，为班婕妤所居，失宠之人闻此，愈增愁怨。昭阳殿是汉成帝为赵飞燕女弟赵合德所筑。这里以“长乐”“昭阳”对举，既是以失宠之人和得宠之人的不同心情相互对照，又与开头长门宫相呼应。判，断然、肯定之意，亦是悬测之词。缬，眼花时看出来的星星点点。龙子，即蝘蜓，以器养之，喂以真朱，通体变红，重七斤，以万杵捣碎以点女人体，终身不灭。如与人私通则落，所以又名守宫。“花鬟”二句写梳着花鬟的女子已捣衣捣得眼冒金星，娇喘吁吁，而捣碎的龙子亦呈出细细的红纹。“龙子”一语暗透出宫廷女子独居守贞的苦闷，又与舂杵之事有着关联，所以这几句虽然任凭思路飘游回转，却始终不离眼前捣衣情景。这一节大量运用双关语，使联想、比喻、象征和典故融合在一起，表现手法新颖独特、扑朔迷离。双关本是南朝乐府民歌习用的手法，但一般限于谐音双关。而在这首诗里，“双去双来满”，既写双双斟酒的情景，又双关二人共执一杵的动作；“风流响和韵”四句，分不清是写管乐之声还是寒砧之声；“花鬟醉眼缬”，似是写捣衣女子奋力舂杵时的模样，又像是写宫人泪眼如醉的情态。这就大大发展了南朝乐府民歌的双关手法，在意象上也产生了双关。

“湿折”六句又从女子制衣的动作中，化进相思之情。通宵捣衣，被夕露沾湿的衣料又在风中吹了一夜。那玉阶前的风愈吹愈急,捣衣女不由得想起边塞上已应是雪暗长城,所以需赶快纂锦缝衣,寄给征夫。这里不仅借两地相关的风雪表现两地相牵的思念,而且由长城征夫又自然引出《广陵散》和《渔阳掺》的对仗(渔阳在长城边上),从而使砧声与琴声、鼓声又联系起来了:句意真是层层转折,而又相互牵连。《广陵散》为嵇康临终前所奏之曲,《渔阳掺》为祢衡所击鼓曲之名,此处用以形容砧声音节之悲壮,并巧借二曲中的地名与玉阶、长城对应,引出下四句中两地同望新月、同叹秋云的思妇和征客。末四句为全篇总结。《汉书·艺文志》有“别栩阳赋五篇”及“临江王及愁思节士歌四篇”。诗人说听此砧声,如闻这两种离别之曲,令人悲从中来,红颜摧损。实际上是说一篇捣衣之声,亦可翻为一篇离别之赋,或一曲愁思之歌。这正是全诗的主旨所在。

这首诗以秋夜砧声作为主旋律,将捣衣和制衣的一系列动作,以及在此过程中所出现的种种物件加以极度美化,穿插其间,把从宫廷到民间的思妇旷女之怨,表现得既拉沓铺陈又缠绵浓丽。这种大量使用排偶、双关,把典故、暗喻和象征熔为一炉的手法,及其所产生的情调,对后世也有很大影响,在唐代李贺的《恼公》和李商隐的《拟意》诗中,不就可以看到庾信此作的影子吗?

(葛晓音)

寒园即目

原文

寒园星散居，摇落小村墟。
游仙半壁画，隐士一床书。
子月泉心动，阳爻地气舒。
雪花深数尺，冰床厚尺余。
苍鹰斜望雉，白鹭下观鱼。
更想东都外，群公别二疏。

鉴赏

庾信在长安有一座小园。他曾作过一篇《小园赋》，通过对园中萧疏幽清的景色的详细描述，寄托了其身在市朝、心在尘外的志趣。“寒园”，应当就是赋中的“小园”。

本诗一开头，就把寒园置于一个远离尘俗的环境中：它处在星散分布的居民村墟之间，草木摇落，小小的村庄已一片荒凉萧索。寒园中的主人守着半壁游仙的图画、一床隐士的书籍，俨然过起求仙隐居的生活来了。庾信好以数字构成对仗，如“落叶半床、狂花满屋”“燋麦两瓮，寒菜一畦”等，这类对仗，多有佳句。原因是这些数词看起来是实的，用到句子中却是虚的；或者用时也取其落实的意思，而给人的感觉却是清疏空灵的。这里以“半壁画”与“一床书”对仗，既用实景勾勒出诗人园居生活的幽雅和清苦，又由诗人与书画朝夕相对的情景，见出他在闲居中求真隐、在人境中思避世的心情。

正是寒冬腊月，诗人却想到了潜藏在地下的阳气。《礼记》说：“仲冬，泉水动。”《律书》载，十一月，阳气踵黄泉而出，按十二爻算，为子月。“子月”四句写冬天十一月、十二月之间，阳气虽然被封闭而成冬，却正在地下滋养万物根荄，只等着冬至一到，便要舒动于黄泉。而这时地面上还正下着几尺深的大雪，结着厚厚的冰床呢！尽管如此，自然界的生灵却已感受到那即将从地下萌发出来的阳气了。苍鹰斜望着雉鸟的动静，白鹭飞下去探看游鱼的消息，或许正是等待着冰开雪化、抓住捕食的良机吧？“斜望”和“下观”所写苍鹰与白鹭的眼神和动态，初看略显呆板，似乎没有唐人方干的“鹤盘远势投孤屿”和宋代林逋的“霜禽欲下先偷眼”（《山园小梅》）那样写得生动，但这略显呆板，却正是在冬天活动较少和稍带懒怠的禽鸟的特征，诗人描摹其神情可谓精细之极。

诗人刚从禽鸟的动作感受到始动于地下的阳气，便立即盘算起开春时分，该如何辞官退隐，走汉代二疏那条让人羡慕的路。据《汉书》载，疏广叔侄并为太子太傅和少傅，荣显当朝。后上书乞求致仕，还归故乡。满朝公卿为之在东都门外设帐饯行，送者车数百辆，道旁观者无不称二疏之贤。结尾用此典故，方见一篇中写寒冬之景，均从阳气始动着想，最后只是为了归结到期望来年春天辞官归乡的幻想。寒园之隐，毕竟不是真隐。“游仙”“隐士”之说，亦只是诗人退隐无术之余的聊以自慰罢了。至于二疏之事，对庾信来说，更是可望而不可即了。即使春天来临，北朝统治者也决不会放他致仕归乡的，他仍然只能在小园中适其闲居之志。下一首《幽居值春》诗所抒写的，便是他在冬去春来之时依回于寒园中的心境。

（葛晓音）

幽居值春

原文

山人久陆沉，幽径忽春临。
决渠移水碓，开园扫竹林。
欹桥久半断，崩岸始邪侵。
短歌吹细笛，低声泛古琴。
钱刀不相及，耕种且须深。
长门一纸赋，何处觅黄金？

鉴赏

庾信在《寒园即目》一诗中，表示要效仿汉代疏广叔侄，致仕还乡。但这愿望实际上不可能实现。不过在小园中幽居，也是一种精神上的隐逸。所以这首诗以隐士的心境抒写了他在春天来临之时的愉悦自得之情。

诗一开头就自称为久已陆沉的山人。《庄子》说："方且与世违，而心不屑与之俱，是陆沉者也。"陆沉是指人中隐者，违世离俗，譬如无水而沉。庾信在北朝官位荣显，固然不能称为隐士，但他心如槁木死灰，无意于荣华富贵，只愿适闲居之志，实际上是与世相违之人。因此自称久已陆沉，也并非矫情之语。

当然，即使是枯木，逢春时也会萌发出欣欣生机。诗人在苦闷寂寞的生涯中,忽然感到春天已降临在园中深幽的小径上,他那枯涩的心田也会滋生一点春意的。所以他开始整治自己的小园了:决开水渠,移动水碓,准备迎接降雨;打开园门,清扫竹林,便可理出小径。小桥已经欹斜,而且早已断了半边;崩塌的河岸开始一点点被水侵蚀了。园子本来就是"数亩敝庐"(庾信《小园赋》),加上一冬天没有整治,更显得荒凉破败。然而越是如此,越有一种清寒的野趣,能使诗人渴求离世远遁的心灵得到慰藉。因此,在这里用细笛吹起短歌,古琴弹出低低的泛声,一种幽雅古朴之趣,是富贵乡中人所无法领略的。而小园的好处也正在这里:钱刀之祸不能相及,可以深自耕种,与世事无涉。钱刀,本是古代一种刀形的钱币,这里泛指钱。《风俗通》说:"钱刀,俗说利旁有刀,言治生得金者,必有刀钱之祸。"这里指贪图利禄而招致灾难。"耕种"虽是代指隐居的常用语,但也正扣住"值春"的时令。

末二句用陈皇后以黄金百斤求司马相如写《长门赋》一典,但立意与一般用法不同。这一典故向来借指遭到君王冷落或遗弃的后妃,或比喻被皇帝疏远的臣子。这里却是借喻庾信本人虽有相如之才,却因在此幽居,无人以黄金相求。与"钱刀不相及"句意思相同。事实上,庾信在北朝深受皇帝宠遇,王公大臣慕其文名而争相结交,以黄金求赋之事并不少。结尾这样说,不过是表示自己不愿与贵戚交游的心思罢了。

这首诗写小园值春的景象，并不细致刻画园中各处景物的形貌，而是随诗人的兴致所至，漫笔勾勒出小园荒芜失修的状况，以及诗人悠闲自在的意趣。“陆沉”“幽径”“细笛”“低声”“且须深”等词汇，形成一种幽细深婉的韵调。全诗正是藉这种意象内含的语感，恰到好处地表达了春临小园时诗人淡淡的喜悦和幽独低回的情味。

（葛晓音）

山　斋

原文

寂寥寻静室，蒙密就山斋。
滴沥泉浇路，穹窿石卧阶。
浅槎全不动，盘根唯半埋。
圆珠坠晚菊，细火落空槐。
直置风云惨，弥怜心事乖。

鉴赏

如果说庾信在《幽居值春》诗中是力图从春意初透的荒园里开辟一块寂寞人外的小天地，那么《山斋》这首诗则是在深秋静夜的幽斋中为自己寻找一个遗忘世事的角落。全诗着力描写山斋的深幽寂静：因为需要一间寂寥无人的静室，诗人来到了被蒙茏茂密的树木所遮蔽的山斋。郭璞《游仙诗》有“绿萝结高林，蒙茏盖一山”句，可作“蒙密”的注脚。首二句先勾出山斋静室隐于深山密林中的环境，下面几句再细写一路寻来所见景致：滴沥的泉水浇在路面上，巨大的山石卧于阶沿下。清泉、巨石，固然是形容山斋附近环境的幽美，却也透出一种使人打起寒噤的清冷。同时，泉水浇路与巨石卧阶又造成山斋被阻隔的感觉，更突出了它的幽深。

“浅槎”二句写浅浅地浮在水上的木头一动不动，盘盘曲曲的树根半埋在土中。这两句是强调山斋周围不但幽深，而且静得好像一切都凝固了。再与“圆珠”二句相参看，可知此处写的是山斋夜景：在一片暗夜中，半埋的树根黑魆魆地竖在那里，浮木像钉在水面上一般死静，这一切都生出令人心惊的神秘感。这时唯有圆珠般的秋露从晚菊上悄悄地滴下，细小的磷火从光秃秃的槐树上无声地掉落。连这点细微的动静都感觉得如此分明，可见山斋之夜是何等寂静了。这两句点出晚秋节令和暗夜时分，并借几点细火的反照，使山斋周围蒙密的树荫、滴沥的泉水、凝滞的水流、巨大的怪石，都一齐笼入黑暗之中，从而构成了清奇、空静而又幽暗的境界。

然而就是躲进这样一个幽深阴暗、见不到人的山斋中，诗人的心事仍然不能忘却。“直置”句意思含混，可作两种相反的理解：一是直接置身于这风云惨淡的山斋秋夜之中（“置”作“安放”解）；二是在这山斋秋夜中，可置风云惨淡的世事于度外（“置”作“搁置”解）。而诗人之意，或许正是要借这含混的句法将两种意思都包括在内：本来置身于山斋中，是想忘却自己所经过的历史风云；谁知更深夜静，远离市朝，反而更加勾起身世可怜之感，为自己一生遭际与心愿相悖而深深感叹。

此诗选择山斋周围富有特征的景物，着力烘托寂寥静谧的氛围，最后却反衬出诗人心头不能平息的风云。前八句写景和末二句抒情形成相互对比的关系,但此情皆由景中生发感悟,并非硬贴,因而全诗虽可见出构思痕迹,却不伤自然之致。

（葛晓音）

和王少保遥伤周处士

原文

冥漠尔游岱，凄凉余向秦。
虽言异生死，同是不归人。
昔余仕冠盖，值子避风尘。
望气求真隐，伺关待逸民。
忽闻泉石友，芝桂不防身。
怅然张仲蔚，悲哉郑子真。
三山犹有鹤，五柳更应春。
遂令从渭水，投吊往江滨。

鉴赏

这首诗中所伤悼的周处士，是梁朝原来的处士周弘让。处士一般指隐居不仕的士人。据《南史》载，周弘让性简素，博学多通，早年隐于句容茅山，频征不出。晚仕侯景，任中书侍郎，为时人所讥。梁元帝承圣年间，任国子祭酒，官至仁威将军。周弘让既仕侯景，又仕梁元帝，本来不能再称处士。但因庾信本为梁武帝旧臣，当时弘让是句容处士，以其原来的身份作称谓，是表示怀旧的意思。王少保即王褒，早年与周弘让友情甚笃，少保是他在北朝的官职。陈朝与北周通好后，王褒曾有诗及书信赠周弘让，弘让也有复信。后弘让死于陈朝,王褒有诗遥致伤悼之意,庾信这一首为和作。

诗一开头就将死者和自己的归宿加以对照:周处士已死,归于冥冥之中,灵魂去了泰山。而自己则凄凉寂寞,流落到了秦地。谓人死为“游岱”,其说起于汉代。汉武帝惑于方士之说,在泰山设宫祀、建神仙道,希望遇仙升天,所以汉诗中称死人往往说“名系泰山录”。首二句说“游岱”与“向秦”虽为一死一生,但境况并没有太大的不同。这一比较极为沉痛,是诗人全部哀思的触发点。对周弘让来说,是死者一去形不归;对庾信自己来说,是羁留北土,不得还乡。诗人不由得从死者联想到自己:虽是忍辱偷生,但毫无生趣,又与死者何异?写到这里,诗人已分不清究竟是哀悼周处士,还是为自己唱挽歌了。

既是伤悼处士之死,免不了要追忆死者平生与自己的交往。但从庾信本传和其他作品来看,似乎周弘让与庾信早年的关系只是一般相识,这是此诗难着笔处。所以诗人仅着力铺写二人同在梁朝、因仕隐异途而未能接近的遗憾。庾信十五岁即仕于梁朝,而这时周弘让正隐居茅山,一“仕冠盖”,一“避风尘”,自然无由得见。但诗人已久慕处士之名,并期待着与他结交。“望气”二句均用老子典故。《列异传》说:“老子西游,关令尹喜望见其紫气浮关,而老子果乘青牛而过。”这里借以表现诗人对真隐的敬仰和求交的诚意。周弘让晚仕侯景,有人问其缘故。周答道:“昔道正直,得以礼进退。今乾巛易位,不至将害于人,吾畏死耳。”周因此获讥于当时。庾信称之为“真隐”,自然是不确的。但这里与其说是对周处士隐逸生涯的赞美,倒不如说是怀念梁朝尚能“以礼进退”的时代。所以下面略去周弘让出山后的所有经历,直接跳到周弘让的去世。“忽闻”二句,写诗人忽然听到这位与烟霞泉石为友的隐者去世的消息,不禁哀悼芝草、菌桂不能使之延年。几乎造成了周弘让终生隐居、老死山中的错觉。这样写,既可回避周处士后来已不成其为处士的事实,又将诗人的哀思牢牢地系在周处士隐居的梁朝。这并非为死者讳,而是为了让自己对与故国有关的一切人和物永远保持美好的回忆。

“怅然”四句是对死者的哀挽之词。张仲蔚与郑子真皆为汉时隐士,这里借喻周处士。“三山”指海上蓬莱、方丈、瀛洲三神山。“五柳”典出陶渊明《五柳先生传》。“犹有鹤”与“更应春”对偶,谓处士魂已归仙,与三山神鹤为伴,而故居空余五柳,犹自年年逢春。可叹的是,身在异地的故人,连回到江南旧地去发一通物在人亡的感慨都不可能,只有在渭水边上遥对江滨投书祭吊了。结尾二句用贾生过湘水投书吊屈原的典故,又与开头对应,归结到“同是不归人”的伤悼之情。

此诗题为“遥伤周处士”,首尾均从生者和死者处境的类比着眼,句句哀悼处士之死,又处处伤悼自己之不归,因而使追挽故人的沉痛升华为怀念故国的哀思，读来情词凄婉，余悲无穷。

（葛晓音）

对宴齐使

原文

归轩下宾馆，送盖出河堤。
酒正离杯促，歌工别曲凄。
林寒木皮厚，沙回雁飞低。
故人倘相访，知余已执珪。

鉴赏

周武帝天和四年(569)，北齐遣使者聘周，这首诗是庾信在接待齐使时写下的。南北朝时，各国出使应对多由才高博学的官员担任。庾信早年曾作为梁朝的使者聘于东魏(北齐的前身)，文章辞令，甚为邺下所称。现在庾信再度见到来自邺下的使者，自己却已成为北周官员，内心的尴尬和羞愧是可以想见的。

开头四句，写的是宴别齐使的场面。"归轩"与"送盖"相对，指使者归去的车子已离开了宾馆，主人乘车一直将客人送出河堤，并就地设帐祖饯。筵席上劝酒人频频地传杯递盏；歌工唱着别离之曲，听来甚觉悲凄。酒正，古官名。《周礼·天官》："酒正，掌酒之政令。"这里应指劝酒的人。这四句写来堂堂正正，然而下面两句，笔势忽然宕开，诗人的目光落到野外的树林，风沙上去了；再下二句，又说到邺下的故友身上去了。如此的意义不相连属，当然不是诗人笔法粗疏，而是他此时内心矛盾的体现。齐使一别，就要回邺下了。想当年，诗人聘使东魏，曾使多少邺下文士相形见绌。所以，安知诗人在与那些北方汉族文人的交往中，不会流露出为这些文士不投奔文物鼎盛的梁朝却以其才学为“夷狄”之国东魏服务而深深惋惜的口气呢？又安知这些文士在他风发的议论之下，不会个个面有惭色呢？那时候，代表华夏正统、礼仪之邦的诗人，是何等的自豪自得呵！不料，曾几何时，邺下的旧友倒尚未凋零，诗人自己却成了另一个“夷狄”之国的臣下。这对照是如此的富有讽刺意味，不能不使他汗颜，以致觉得周围的景物也成了自己的写照。北方天寒，那林中的树木为耐寒而长成了厚皮，不正像自己的厚颜偷生吗？在回旋的风沙之上，大雁飞得那么低，不也正像自己在北朝有志不获伸的处境吗？“林寒”二句本是实景描写，但又别有含意。《汉书》：“晁错曰：‘夫胡貉之地，积阴之处也。木皮三寸，其性耐寒。’”崔豹《古今注》说：“雁自河北渡江南，瘦瘠，能高飞，不畏矰缴。江南沃饶，每至还河，体肥，不能高飞。”既然胡地的树皮都厚、北方的雁都不能高飞，那么在“胡虏”所建的北朝，做人也只有如此。所以这两句也有自我开脱之意。当然，这种开脱连诗人自己也是不相信的，只不过是羞惭之余的无话找话罢了。因此，结尾直道诗人目前已在敌朝执珪的境况，便包含了无限羞惭与无奈。齐使归去，齐地倘有故知问起自己，他们都会知道自己已在北周做官了。这话与其说是托齐使向故人报告自己的近况，还不如说是在战栗地揣想故人对自己的讥评。

庾信自惭终食周粟，不能守采薇之操，实有难堪，情多哀思。随处触发，即成佳作。所以《对宴齐使》本是一首应酬性的公宴诗，经诗人略加数语，竟也成了一首情思真挚的述怀之作。由此既见得诗人痛悔自责之意无时无之，又可使读者领略其点铁成金的大手笔风范。尤其是此诗将感情都强压在宴别相送的礼仪之中，一种含蓄沉厚而又有节制的表达方法，真可使人叹为观止。

（葛晓音）

别周尚书弘正

原文

扶风石桥北，函谷故关前。
此中一分手，相逢知几年？
黄鹄一反顾，徘徊应怆然。
自知悲不已，徒劳减瑟弦。

鉴赏

周尚书弘正，即周处士弘让之兄，梁元帝时任左户尚书。后仕陈朝，天嘉元年（560），迁侍中，国子祭酒，往长安迎陈顼（即后来的陈宣帝）。天嘉三年，弘正还陈，庾信作此诗送之。题云“周尚书”，仍以弘正在梁所任之职相称，不仅是表示念旧之情，而且还含有不愿承认陈朝禅梁之合法性的深意。

首二句写送别周尚书的地点。扶风，郡名，治所在今咸阳，此借指长安。石桥北，当指分手之处。函谷故关即今河南灵宝境内的故秦函谷关。两者之间，大致就是关中之地。这里将这两个地名说得如此确切，再加上下句一个重重的“此中”，令人感到诗人被羁留的沉闷与苦痛——他是被划定在这个范围里，不得不在“此中”与友人作别的！两个普通的地名，一到诗人笔下，却产生了牢笼一般的感觉，这真是化腐朽为神奇了！

分手在即，而下次相逢谁知要等上几年？平时难得相见的友人，分手时都会提出这类问题，但它出自庾信之口，却不是一般的感伤。其时尽管周、陈已经通好，而庾信却一则被北朝留住不遣，二则陈朝也尚未提出要他回去，加上诗人对陈朝也并无好感，所以他重返江南是完全无望的，而周弘正再度来周的可能也同样微乎其微。因此，诗人问“相逢知几年”，其实是为了掩饰绝望之情的无话找话、徒自排遣。所以，这两句离人预约会期的问话，也和前二句一样，看似平常，细味之却含义深沉——这实在是诗人的诀别之辞呵！

上四句是合说送者与去者，再下二句则是单说去者。古诗《步出城东门》云：“步出城东门，遥望江南路。前日风雪中，故人从此去。我欲渡河水，河水深无梁。愿为双黄鹄，高飞还故乡。”写的是流落北方的游子不能随友人同返故里的悲哀。但诗人这里借用其意，却别有翻新，他是从友人一方着想，揣想他虽然能够南归，但心中决不会忘却不得偕飞的同辈，当其反顾徘徊之际，也应怆然泪下。这两句化用古诗，手法精巧，而情味则如古诗一般淳厚隽永，去者与诗人的交情之深，尽可在此中体味了。

去者悲怆难禁，留者更是哀伤不已。末二句乃归结到诗人自己。《史记·孝武本纪》云：“泰帝使素女鼓五十弦瑟，悲，帝禁不止，故破其瑟为二十五弦。”减去瑟弦的办法或许能减轻某种人的悲哀，而对于诗人来说却是徒劳的。

这两句仍是将古人之意更翻进一层,足见诗人不是因为送别友人而一时伤情,由此更令读者为他那亡国羁臣永无尽头的绵绵长恨,而黯然神伤不已。

这是一首直抒离情的送别诗,先写送别地点,惜别之情,而后分写去者和留者的悲哀。章法先合后分,十分自然地随着情势发展。由于是把心曲说给相知甚深的故人听,所以也用不着有所忌讳、用不着曲折的构思和精巧的琢句,就这么平平地说来,加几个最常见的比兴手法,其一片至情,反倒能表现得格外分明。

(葛晓音)

舟中望月

原文

舟子夜离家，开舲望月华。
山明疑有雪，岸白不关沙。
天汉看珠蚌，星桥视桂花。
灰飞重晕阙，蓂落独轮斜。

鉴赏

这首诗写舟中望月的景象，想象之新奇，为南北朝诗中所罕见。开头简单交代舟子夜中离家、开船之后仰望月华的情景。然后写两岸青山似乎蒙上了一层白雪，细看江岸上皑皑银白，又却并非沙色。这两句不过是说月光照耀下，山如积雪，岸似银沙。但构句按望月人感觉与思维的先后顺序排列，便觉新鲜：前句之“疑”是错觉，后句随即否定，已经历了一个短暂的辨认过程。这就通过微小的心理活动写出了人对月光之明的直觉感受。这种按照心理感觉的次序描写景物、组织句子的构思方式，后来常为杜甫所效仿。

看到两岸月色如此明亮，自然会转而仰望高朗的夜空。但见明月在银河之旁，犹如晶亮的珠蚌。而银河上的星桥则像月中散出的桂花。这两句新颖美丽的比喻，出自诗人丰富的学识和天真的想象。《吕氏春秋》说：“月望，则蚌蛤实，群阴盈。月晦，则蚌蛤虚，群阴缺。”《史记·龟策列传》

说："明月之珠，出于江海，藏于蚌中，蚗蛪伏之。"月圆如蚌之盈珠，所以用"蚌蛤实"喻月望。蚌生江海，那么天上银河里不也会生出月亮这个大珠蚌吗？而月中又传说有桂花，据说高五百丈。月色既是如此明亮，那月中的桂花也必定都是闪闪发光，所以散在天上都变成了星斗。这一虚幻的想象又是多么合乎生活的经验！

月轮的光辉虽然洒满青山、江岸和星空，但它已开始由圆转缺。《淮南子》："画随灰而月晕阙。"据说以芦灰为环，缺其一面，天上的月晕也相应地会缺这一面。"灰飞"句写的是满月的月晕已出现缺损的景象。《竹书纪年》说："帝尧在位七十年，有草夹阶而生。月朔，始生一荚，月半而生十五荚，十六日以后，日落一荚，及晦而尽。月小，则一荚焦而不落，名曰蓂荚。"古人用荚生和荚落的数字来计算月之朔望。小月二十九天，有一荚不落，称为蓂荚。那么蓂落应指大月。"蓂落独轮斜"，可见诗中所咏之月应是大月里已过十六的月亮。

此诗咏月虽然全不关情，但舟中所见江山月色，与天河星桥对应，构成了一个水天相映，上下通明的晶莹世界。全诗依人的视线和感觉顺序逐层分写山光、月影、星晖，最后托出一轮斜照当空的孤月。尽管谋篇构句不求精巧，但诗人将生活实感与书本知识相结合而产生的奇思妙想，却给唐人开辟了想象的新天地。

（葛晓音）

喜　晴

原文

比日思光景，今朝喜暂逢。
雨住便生热，云晴即作峰。
水白澄还浅，花红燥更浓。
已欢无石燕，弥欲弃泥龙。

鉴赏

诗题为“喜晴”，并未指明季节，但读后可知所写的是夏初连阴天后放晴的光景。这首诗的好处，正在于能真切地道出人们此时此刻常有的感受。

连日来一直想见到一点日影，今朝总算出了太阳，就像见到了一个久别暂逢的老朋友。“喜暂逢”三字格外亲切，又有一种唯恐日出不会长久的轻微忧虑。这正是苦于连阴天的人们盼到天晴时的共同心理。雨一停，天马上就热起来，天一晴，云就聚成山峰的形状：这是炎夏时节里久雨放晴时的特有景象。因空气中饱和水分，骄阳一照，立即热气蒸腾。而天上的阴云刚刚散开，还积压在天边，也叠成了连绵的云峰。这两句出语质拙，就像以俗语率意入诗。尤其“雨住便生热”一句，几乎就是人们在此时常说的口语，用在此处，不但贴切，且更觉有味。

下足了雨以后，水色澄净清浅。空气收燥时，被雨洗净的花色更红更鲜。雨后看景,分外鲜亮,这也是人们常有的视觉感受。“水白”一句,连用“白”“澄”“浅”三字,渲染水色的清白;“花红”一句,用“浓”字加强“红”的色调:这都是为了突出“白”与“红”的色彩对比,以体现出放晴时万物的格外明亮鲜丽。

《湘中记》说:“零陵有石燕,遇风雨来则飞舞如燕,止则为石。”“无石燕”说明已没有风雨再来的兆头。“弥欲弃泥龙”。“泥龙”一作“工龙”。《淮南子》说:“土龙致雨。”高诱注:“汤遭旱,作土龙以像龙;云从龙,故致雨也。”泥龙本是旱时求雨所用,现在已下足了雨,便可弃之不用了。末二句欢欣天已放晴,旱象亦复解除。“石燕”与“泥龙”对举,虽是用典,却也借其字面,使人联想起燕飞龙舞的景象,全诗在云峰、白水、红花的静态背景之上,似乎也有了动景的补缀,这样,诗境就更富有生气了。

庾信晚年诗歌的趋于老境,固然主要体现在他那些苍凉激楚、刚健遒逸的咏怀诗上,但这类描写日常生活的诗篇,也同样反映了老成有致的特色。此诗表现生新,而以拙句出之,避免了齐梁诗求新而易落入纤巧的弊病,正是其所以为老成的重要原因之一。这种境界,唐人中唯有杜甫能够心领神会。

(葛晓音)

晚　秋

原文

凄清临晚景，疏索望寒阶。
湿庭凝坠露，抟风卷落槐。
日气斜还冷，云峰晚更霾。
可怜数行雁，点点远空排。

鉴赏

“晚秋”是庾信晚年心境的写照。诗人往往将他悲凉的心绪织入秋天萧疏的景色，构成凄清落寞的境界。这首诗一开头便直接抒写晚景的凄凉。晚景既是指眼前的晚秋落照，又兼含晚年境况之意。首句实为点题之语，意思直贯全篇。以下虽然再不作一句情语，但因被开篇的情绪所笼罩，所以具体的景物描写也都句句关情。

诗中的景物描写随视线的转移由内向外拓展：寒阶是诗人伫立之处，怅望四周，已是一片疏落萧条。再看坠落的露珠凝聚在地，已沾湿了庭院。一股股小旋风从地上刮过，卷起了槐树的落叶。西下的斜阳送来阵阵凉意，层层云峰到傍晚时更加阴霾。在这一片旷荡空虚的秋色中，只有几行寒雁，像一个个小黑点排列在远空。全诗每句景物描写都是典型的晚秋特征，诗人将它们集中在一首诗里，按照由近及远的次序排列，更令人感到秋气的无处不在，秋意的浓重凄寒。以致无须再作情语，景语本身便充满了凄愁冷落之感。正因如此，景才成为诗人心境的外化。由此看来，景中是否有情，不全在于是否能使情渗透其中。只要景物的选择与组合能集中表现出某种与心境相应的氛围，同样能形成景中有情的诗境。

（葛晓音）

侠 客 行

原文

侠客重连镳，金鞍被桂条。
细尘鄣路起，惊花乱眼飘。
酒醺人半醉，汗湿马全骄。
归鞍畏日晚，争路上河桥。

鉴赏

侠客被写进古诗，始于曹植的《白马篇》。魏晋以后的游侠诗大多赞美游侠的勇敢机智和爱国热情，通过罗列游侠的各种高超武艺，夸张人物的慷慨意气，较富于理想色彩，很少个别、具体的情景描绘。庾信的这首《侠客行》，则取材于现实生活中的情景，截取侠客醉后跑马上桥的一个场面，借助细节的描写和气氛的渲染，生动地反映了人物的精神面貌。

诗一开头，首先推出侠客连骑而行的一个特写，写游侠风采。“镳”即马衔，“重连镳”是说侠客重义气，好交友，喜欢乘马相连而行。“桂条”指一种名马。“金鞍”句本意是名马身上披着金鞍，而“桂条”的字面意义又造成金鞍上披饰着桂枝的错觉。这就使侠客一出场便平添了几分风流。

侠客在路上跑过，带起一溜细尘，障蔽了路面。纵马过处，惊得花片纷纷飞落，在喝得醉醺醺的侠客眼前乱飘。

“惊花”句不仅渲染出春天的气氛，为整个画面添上了一笔鲜丽的色彩，而且表现了微醉之人在眼花耳热之后的视觉感受，尤为细致传神。在这一片纷纷扬扬的尘土和飞花之中，坐在马上的人含着醉意，浑身被汗湿透的马也像人一样带着骄态。“酒醺”二句描摹真切，读之几乎能闻到他们身上散发的汗气和酒味。以上写人马由远而近、疾驰而过的姿态和意气，远景与近景快速交接。全诗最后在这群人马并驱急驰、争上河桥时结束，犹如定住的亮相，令人由侠客们在归途中仍然争强好胜的神情，想到他们平时狂放纵恣的生活。

据倪璠注，此诗一作《画屏风诗》二十五篇之首。能将画上的情景写得栩栩如生，还原为如在眼前的情景，已属不易。更重要的是，这首诗使游侠以一种崭新的风貌进入了诗歌：他们意气相倾、骀荡豪纵，联骑飞鞚，狂饮酒肆，“相逢意气为君饮，系马高楼垂柳边”（王维《少年行》），“落花踏尽游何处，笑入胡姬酒肆中”（李白《小放歌行》）。唐代诗人更倾心的显然是这种风流侠少的气质和风度。因此，从南北朝到初盛唐，游侠诗的主题由抒写侠士的英雄气概和报国志愿，转为表现人物的少年意气和风流豪宕，艺术表现也由一般的概括罗列转为细节神情的刻画和一角小景的截取。游侠题材所发生的这一重要变化，正是以庾信这首《侠客行》为信号的。

（葛晓音）

寄徐陵

原文

故人倘思我，及此平生时。
莫待山阳路，空闻吹笛悲。

鉴赏

徐陵，字孝穆。在梁武帝时与其父徐摛同为东宫学士，与庾信父子出入宫廷，文并绮艳，时号“徐庾体”。侯景之乱时，徐陵正使于东魏。不久北齐禅魏，梁元帝通使于齐。徐陵屡求回梁复命，却被拘不遣。直到江陵沦陷，齐才放陵还南。陈武帝时任尚书左仆射等职。正因为徐陵与庾信早年同在东宫，又都有过一段出使北方被拘的经历，而徐陵终于南归，庾信始终羁于北方。所以对比之下，更引起诗人的伤感。

此诗寄给徐陵，本当诉说自己对徐陵的思念。全篇却只从徐陵一方着想，劝故人要是还思念自己的话，最好是趁自己还活着的时候，否则一旦作古，就空有山阳闻笛之悲了。末二句典出向秀《思旧赋序》：“邻人有吹笛者，发声寥亮，追思曩昔游宴之好，感音而叹，故作赋云。”赋中有“经山阳之旧居”之语。诗人想象自己死后，徐陵如果想起早年与自己的游宴之好，那时就会后悔没有在故人生前多叙旧情了。话说得如此凄凉，只能出自一个对人生已经绝望的诗人之口；话又说得如此哀婉，全凭着对故人的友谊深信不疑的挚情；话里似乎还对友人带着些微责备，那是一颗孤独的心在乞求故土的温暖，是一个濒死的人从旧游中寻找安慰。这是生人提前替友人为自己唱的一首挽歌。不必再提屈仕敌国的羞惭，也不必再谈思归不能的悲哀。因为这一切，有过类似经历的徐陵都能理解。因此，种种感慨、种种思念，都包含在这丧失生趣的叹息中了。而这首小诗也因此作到了最高度的含蓄。至于典故的贴切，角度的新颖，只是帮助诗人找到了表达诗中内涵的最简洁的方式罢了。

（葛晓音）

寄王琳

原文

玉关道路远，金陵信使疏。

独下千行泪，开君万里书。

鉴赏

王琳原为梁朝武将。梁元帝建都江陵时，因王琳部众很多，又深得人心，于是心生疑忌，将他遣到岭外。江陵被围时，元帝又征王琳赴援，任命他为湘州刺史。王琳军至长沙，西魏已陷江陵。王琳遂为元帝举哀，遣兵攻打西魏所立的傀儡皇帝萧詧，并传檄四方，将图义举。陈霸先在建邺立元帝之子敬帝，征王琳为侍中、司空。王琳拒不受命，并擒获陈霸先派来讨伐他的将领。陈霸先篡梁称帝后，王琳移驻郢城，与霸先相抗拒，后兵败被杀。庾信这首诗，似是收到王琳寄书后所作。

首二句以“玉关”和“金陵”对仗。“玉关”喻自己身留长安，如远戍玉门。“金陵”指梁朝旧都建邺。敬帝虽仍以建邺为都，但年仅十三，实为陈霸先之傀儡，三年后即被迫让位。在这种形势下，南北隔绝，自然极少有信使往来。因此“信使疏”三字，包含着对政局动荡的不安和忧虑，以及对故都金陵的翘望和怀念。

在这种南北音信断绝的状态中，忽然收到王琳在万里之外的来信，诗人的激动是可以想见的。读到后二句，方知前面强调信使之疏，主要是为了突出远方来信的珍贵。何况这还不是一般故人的来信，它送来了梁室的忠臣将要复国雪耻的信息。诗人的千行泪水不由得滚滚直下，是因梁室尚有忠臣而喜极感泣？还是对比之下，更为自己屈仕敌国羞惭痛悔？是因为重新勾起亡国丧家的哀痛？还是因王琳仍然怀念自己这个已经失节的故人？连诗人自己也说不清。此刻，只有流不完的泪水才能表达他无法用语言表达的心情。

这首诗只有短短四句，却凝聚着收到故国旧友来信时心头涌出的万千感慨。诗句虽然对仗相当工巧，却犹如随口道出一般自然，强烈的激情正如千行泪水直泻而下，将琢句的痕迹冲刷一净，构成了深挚动人的艺术境界。

（葛晓音）

和庾四

原文

离关一长望，别恨几重愁。
无妨对春日，怀抱只言秋。

鉴赏

庾四是庾信的宗人，可能名庾季才。《北史》《隋书》并称季才与庾信的八世祖先都是庾滔。江陵沦陷时，被掳入长安。与庾信同为羁臣，并参与校书。常在良辰吉日和梁朝旧臣为文酒之会。这首诗当是游春之时庾信和庾四的倡和之作。

首句“离关”并非专指某处地名。身处北朝，登临关塞，处处触动离情，那么这“离关”就是使自己与乡关隔离的关口。长望乡关，只能勾起几重别恨，几重离愁。所以虽是大好春日，在离人看来，却像是惨淡的秋天。“怀抱只言秋”，有点像拆字谜。怀抱为心之藏所，心中言秋，是“愁”字。但这里仅是借用这种文字技巧来表现诗人落寞的情怀。试想：春天是万物更新、生机蓬勃的美好季节，它在诗人的怀抱中却只是投下了萧索凄凉的暗影。明媚的春光尚且变成无边的秋意，那么当秋天来临时，诗人的心情又当如何呢？“自怜才智尽，空伤年鬓秋”（《拟咏怀》其三），“怀秋独悲此，平生何谓平”（《拟咏怀》其九），诗人怀秋既是为平生之坎坷而悲哀，也是因空待年鬓染上秋霜而感伤。怀抱的悲凉枯淡，使诗人丧失了对春日丽晖的正常感受，只有枯槁疏淡的穷秋才是他抑郁寡欢的心境的写照。这就无怪乎他对着春日也只能发怀秋之悲了。

在庾信抒写乡关之思的众多诗作中，这首小诗的别致之处在于用春与秋的对比，通过春光在诗人心中引起的反常感受，表现出他终年沉浸在离恨别愁中的精神状态。因此虽然语意直白，却也颇可吟味。

（葛晓音）

重别周尚书二首(其一)

原文

阳关万里道，不见一人归。
唯有河边雁，秋来南向飞。

鉴赏

周尚书即周弘正。陈武帝天嘉三年自周南还。庾信已先有《别周尚书弘正》一首相赠，所以本诗题为《重别周尚书》。

阳关在今甘肃敦煌西南，玉门关以南，是出塞必经之地。这里比喻自己羁留长安，犹如在阳关之外。周陈通好之前，南北隔绝，凡是由南入北之人，正像走出万里关塞之外，没有一个能够回来。周弘正天嘉元年(560)来周，三年返陈，是最早打破这种隔绝状态的南方来使。所以这首小诗一开头便展现出一条空荡荡的阳关大道。虽是遥遥万里，却空旷无人，不见一个归客。这就将周弘正归去之前南北隔绝的政治形势高度抽象以后，又化为具象，使人感到周弘正的返陈，在当时真可算是旷代绝世的大事件了！

在如此空廓绝远的背景之下，却有几只来自黄河边的大雁，披着一身秋日的阳光，悠悠地向南方飞去。万里空旷处，无人却有雁，可见这雁儿飞去是多么的不易；诗人被羁束于西北长安一隅，有乡难回，这雁儿却能南飞，它飞得又是多么的令人艳羡；而这不受人世拘管的大雁，又反衬出南北人民失去交往自由是多么的痛苦！因此，这四句诗的巧妙之处，在于诗中所展示的眼前景物，虽是简笔勾勒，却境界寥廓、含义深邃。尤其是那高飞的大雁，既是对周弘正特殊身份的贴切比喻，又寄托着诗人的羡慕之情，而它在万里阳关大道的背景衬托下，又升华为自由的象征。诗境的高度提炼，使这首小诗的容量超出了诗人送别故人的本意，如果用它来形容历史上各个分裂时期的人们被阻隔的心理状态，也是完全适宜的。“两岸舟船各背驰，波痕交涉亦难为。只余鸥鹭无拘管，北去南来自在飞。”(杨万里《初入淮河四绝句》)南宋诗人杨万里羡慕不为疆界所限的鸥鹭，不正与庾信羡慕大雁的心情相通吗？那么，谁能说杨万里在写作这首名诗的时候，没有想到过庾信的这首小诗呢？

（葛晓音）

秋夜望单飞雁

原文

失群寒雁声可怜，夜半单飞在月边。
无奈人心复有忆，今暝将渠俱不眠。

鉴赏

在七言绝句形成的过程中，这首诗是值得重视的，七言绝句，贵在景是眼前景，语是口头语，而又要语近情遥，含吐不露。庾信这首诗尚未全脱北朝乐府民歌之质，但在表现上却已发生了由民歌转为绝句的显著变化。

诗人在秋夜听到一只失群寒雁可怜的哀鸣，不觉起身仰望，只见它孤单的身影正在明月边飞翔徘徊。首二句以明白朴素的语言勾勒出一幅剪影式的画面，使那只寒雁的身影在秋月的衬托下显得更加孤独、凄惶，也更引起人们的同情。然而三、四句却将句意一转，道出望雁之人心中的苦恼：因有所忆念，今夜与寒雁都将不能成眠。这么一转，便将诗中含意加深了一层。本来是人因不眠才听到孤雁的哀鸣，而孤雁的哀鸣又更增添了人心的酸楚，越发不能成眠。读者若联系作者的身世处境来看，不难想到：那失群的孤雁，恰好是诗人目前处境的一个绝妙比喻。独自羁留北地的诗人，不正像这只失群的寒雁一样不能飞向南方吗？但这两层意思在诗中却不须明言，既已点出望雁之人与孤雁同样不能成寐，个中深意，便自可体味了。

由此可见，这首诗已初具七绝的规模，不仅因为声律已合规则，还在于它能通过三四句意思的转折，将诗境拓深一层，形成意在言外的韵味。当然，它的声口和用语还酷肖北朝乐府民歌，还不是一首成熟的七绝。但也正因如此，这首小诗才能以其典型的过渡状态，显示着民歌向七绝转化的痕迹。

（葛晓音）

文

春　赋

原文

宜春苑中春已归，披香殿[1]里作春衣。新年鸟声千种啭，二月杨花满路飞。河阳一县并是花[2]，金谷从来满园树[3]。一丛香草足碍人，数尺游丝即横路。开上林而竞入，拥河桥而争渡。

出丽华之金屋，下飞燕之兰宫。钗朵多而讶重，髻鬟高而畏风。眉将柳而争绿，面共桃而竞红。影来池里，花落衫中。

苔始绿而藏鱼，麦才青而覆雉。吹箫弄玉之台，鸣佩凌波之水。移戚里而家富[4]，入新丰而酒美[5]。石榴聊泛，蒲桃酦醅[6]。芙蓉玉碗，莲子金杯。新芽竹笋，细核杨梅。绿珠捧琴至，文君送酒来。

玉管初调，鸣弦暂抚。《阳春》《渌水》之曲，对凤回鸾之舞[7]。更炙笙簧，还移筝柱[8]。月入歌扇，花承节鼓。协律都尉，射雉中郎[9]。停车小苑，连骑长杨[10]。金鞍始被，柘弓新张。拂尘看马埒，分朋入射堂[11]。马是天池之龙种，带乃荆山之玉梁[12]。艳锦安天鹿[13]，新绫织凤凰。

三日曲水向河津，日晚河边多解神。树下流杯客，沙头渡水人。镂薄窄衫袖，穿珠帖领巾[14]。百丈山头日欲斜，三晡未醉莫还家。池中水影悬胜镜，屋里衣香不如花。

注

① 宜春苑：秦离宫中苑名，在今陕西西安市东南。披香殿：汉后宫之殿名，在西安市西北长安故城。
② “河阳”句：西晋潘岳任河阳令，曾令满县栽桃李。
③ “金谷”句：西晋石崇有别馆在河阳之金谷。其《思归引序》称此处“柏木几于万株”。
④ 戚里：西汉时皇室姻亲居住的地方，在长安城中。
⑤ 新丰：古县名，在陕西临潼东北。汉高祖因其父思念故里丰县，乃于此仿丰地街巷筑城，并移诸故人居此，因名新丰。其地以美酒著名。王维《少年行》：“新丰美酒斗十千。”李白《结客少年场行》：“买醉入新丰。”
⑥ 酦醅（pō pēi）：未滤过的再酿酒。
⑦ 阳春、渌水：并琴曲名。对凤、回鸾：并为舞名。
⑧ 炙：熏烤。簧暖则发声清越，故天寒时须烘烤笙簧。筝：拨弦乐器，面上张弦，每弦用一柱支撑，柱可左右移动以调节音高。
⑨ 射雉中郎：指潘岳，任虎贲中郎将，作《射雉赋》。
⑩ 长杨：汉代行宫名，在今陕西周至东南。
⑪ 马埒（liè）：跑马道。分朋：分作一对一对。射堂：古时习射之地。
⑫ 天池：指陕西神马山泉，乃龙马所生处。荆山：山名，在今湖北南漳西。出玉，相传卞和得璞玉于此山。玉梁：带名。
⑬ 天鹿：即白鹿，古人以为祥瑞的征象。此言艳锦以天鹿为绣饰。
⑭ 镂薄：薄，饰。此言雕刻金属作装饰。帖：紧贴。领巾：披巾。

鉴赏

飞花啼莺的建康，姹紫嫣红的春色，偏偏借助于如梦如幻消逝的历史，从汉宫、皇苑、魏风、晋树的清绮富丽中传写；达官显贵的车马，名门闺秀的钗钿，交织着花影麦色，台歌榭舞，奏出了一支多么明快的春之圆舞曲，绘下了一幅多么绚丽的春之游乐图。这就是庾信早期的咏春名篇：

《春赋》。

也许是"春归"的踪影来得太快吧，作者的开篇也下笔如飞：宜春苑里，刚感觉到春气的萌动，披香殿的妃子们，早已喜气洋洋地穿起了春衣；欢快的鸟儿千鸣百啭，还沉浸在新春的试喉之中，转眼间已见杨花飘舞，飞荡满城了。接着便出现了时空的惊人跳跃：在潘岳栽桃满县的河阳，刹那间成了灿若云霞的桃花世界；而从石崇那驰名遐迩的金谷园中，更有万株花树吐艳争辉！在春光照眼之中，那一丛丛带着晶莹露珠和清淡芳香的兰草，固已叫人们流连驻足，舍不得离去；更何况还有飘飞空中的蛛丝，在路上拂来拂去，简直就是撩拨不尽的春之妙绪呵！这短短一节，以"春"字领起，在历史时空的巨大转换中，追踪着春归大地的脚步。将鸣禽、飞絮、花树、草色，从西起长安、东到河阳的宫苑名园中推涌而出，造出了一个如此浓郁、如此璀璨的春之世界！怪不得老老少少，男男女女，都迫不及待地要"开上林而竞入，拥河桥而争渡"了。

在游春赏景的人流中，那些裙裾飘曳的仕女，无疑最先吸引了作者的视线。她们穿戴高贵，艳光照人，仿佛就是阴丽华刚从汉光武帝的金屋露面，赵飞燕含笑盈盈步出汉成帝的昭阳宫！她们全都那样娇媚可人：梳得高高的髻鬟，真怕要被多情的春风吹乱了呢；发髻上插满了金钗，居然也不怕压得太重。最妙的是"眉将柳而争绿，面共桃而竞红"二句，不仅把这些仕女的惊人之美绘出，而且连她们的微妙心理都写尽了：她们哪里是来游春的呀，分明是要来与春光争俏的哩！这一“争”一“竞”二字，正展示出一种令人迷惑的奇境：在恍惚迷离之际，真不知柳叶比蛾眉更翠呢，还是人面比桃花更艳？只有这些仕女自己，也许更了解美的奥秘吧——她们看中的是一池清水，数枝花树，只在那里顾盼几眼，依傍一会，便造成了艺术家梦寐难求的奇妙之景：“影来池里，花落衫中”——在池水、落花的漾映之中，还有什么比这些拈花不语的女郎更美的呢？反过来，那幽幽的春日，不正因了这些女郎的赐予，才带有了那般迷人的魅力的么？借人画春，这真是作者颇得意的一笔！

春色之美堪供观赏，但它的妙处更在于可餐可醉！面临一池碧水，看石苔下悠然藏身的游鱼；从刚泛青的麦垄间，惊喜地瞥见蹿飞的雉鸟；登上的亭台，仿佛还是传说中萧史、弄玉吹箫升天之处；流水淙淙，似乎还可闻江妃、洛神解佩、凌波之音：这该是怎样赏心快意和飘举欲仙的境界！而况这些游客，又都是家富“戚里”的贵人，随载的更有名扬天下的“新丰”美酒。值此阳春美景，自当借春色助餐，谋它个一醉方休了。于是“石榴聊泛，蒲桃酦醅”，芬芳的佳酿，盛满芙蓉和莲子形的玉碗金杯，再加上春日独有的“新芽竹笋，细核杨梅”，这豪奢的饮宴，把春日又装点得多么欢畅、热烈！饮宴中少不了歌舞，散宴后还可去“射堂”骑射——在觥筹交错之间、“连骑长杨”之时，简直荟萃了历史上的所有名人：送酒的是年轻貌美的卓文君，弹琴的是石崇的爱妾绿珠，调度着“《阳春》《渌水》之曲，对凤回鸾之舞”的，更有武帝时代的协律都尉李延年；待到分朋起射、柘弓新张，竟然还赶来了晋太康时代的虎贲中郎将潘岳！能够在这样的春日，一睹这些骑着天池龙马，佩挂荆山玉带的名臣丰采，真要令人喜出望外了。作者正是这样，在巧妙的用典中，变凡成奇，把眼前的游春之乐，与历史的佳话、盛会交织在一起，尽情地渲染着春日的迷人娱乐。在作者的笔下，这春景确乎是浓烈得可以醉人！

末段写到三月三日曲水流觞的盛举。这是一个古老的节日的风俗。每年三月三日，人们于河边引水环曲为渠，流酒杯以行酒，袚除不祥，直至日晚。故齐颜延之《三月三日曲水诗序》：“情盘景遽，欢洽日斜。”王融同题文曰：“桑榆之阴不居，草露之滋方渥。”他们在河边祈神还愿，痛饮赏春，不觉日暮，还说“三晡未醉莫还家”！而那些“镂薄窄衫袖，穿珠帖领巾”的美人，在款款离去时，不时回眸注视那带给她们无穷乐趣的池水、花树：“池中水影悬胜镜，屋里衣香不如花。”——是呵，那池水照影的美好意趣，那人花竞红的难忘一幕，又岂是屋里、镜中的孤寂自窥所可比拟的？作者这最后一笔，忽作感喟之语，从依依回首的女子口中写出，正与前文那“影来池里，花落衫中”的景象呼应，为一篇《春赋》留下了惆怅不尽的回味之韵。

作为庾信的早年之作，《春赋》以鲜丽的物色，轻靡的情思，表现了作者对春天的赞美。文中大量化用典故，来描摹春景、状貌游人的情态，不仅不显得隐晦，而且造出了时空、人物上古今错陈、迷离恍惚的美好幻觉，更加浓了赋春的色彩和情趣。较之庾信后期的赋作，虽然缺少那种刚健苍茫的开阔和深沉，但从充满青春活力而言，毕竟还是妍丽可喜的。

（张　巍）

至仁山铭

原文

峰横鹤岭①,水学龙津②。瑞云一片③,仙童两人④。三秋云薄,九日寒新⑤。真花暂落,画树长春。横石临砌,飞檐枕岭。壁绕藤苗,窗衔竹影。菊落秋潭⑥,桐疏寒井⑦。仁者可乐,将由爱静。

注

① 鹤岭:《豫章记》:“鸾冈西有鹤岭,王子乔控鹤所经。”王子乔,古代传说中的仙人。《列仙传》:“王子乔者,周灵王太子晋也,道士浮丘公接以上嵩高山。”

② 龙津:即龙门,又名禹门口,在陕西韩城与山西河津之间。《艺文类聚》卷九六引《三秦记》:“河津一名龙门,大鱼集龙门下数千不得上,上者为龙。”

③ 瑞云:吉祥之云。《洞冥记》:“东方朔云:‘东海有大明之墟,有釜山。山出瑞云,应王者之符命,如黄帝黄云,尧时有赤云之祥之类。’”

④ 两仙童:曹丕《折杨柳行》:“西山一何高,高高殊无极。上有两仙童,不饮亦不食。与我一丸药,光耀有五色。服药四五日,身体生羽翼。轻举乘浮云,倏忽行万亿。流览观四海,茫茫非所识。”

⑤ 九日:九月九日重阳节。

⑥ 菊落秋潭:语出晋陆机《要览》:“酉阳山中有甘谷,谷中皆菊花,堕水中,居人饮之多寿,有及一百五十有余岁者。”

⑦ 桐疏寒井:化自魏明帝曹叡《猛虎行》诗:“双桐生空井。”

鉴赏

庾信擅长作铭,《庾子山集》有铭一卷,收其作十二篇;

或长近二百言，或短至二十四字，无不弘润博约，得铭体之妙。

人秉阴阳之气而生，气质本有爱动好静之别，对于自然美也就各有殊好。孔子云："知者乐水，仁者乐山；知者动，仁者静；知者乐，仁者寿。"(《论语·雍也》)后人将孔子此语推衍发展成为儒家比德说，认为审美主体在欣赏自然美时带有主观选择性，不仅以自己的气质和趣味，更以自己的道德观念为选择标准。如朱熹解释孔子此语说："知者达于事理而周流无滞，有似于水，故乐水；仁者安于义理而厚重不迁，有似于山，故乐山。"(《四书章句集注》)庾信即本孔子之言命笔，阐发"仁者爱静山"的至理妙趣。

此铭写于"三秋云薄，九日寒新"之季，却全无"悲哉秋之为气也"的感伤，更无流落西魏后苍老悲怆的情味，当作于在梁之时。清倪璠谓此铭"中大通三年(531)后简文为太子时，随侍东宫之所作也"，并谓至仁山即"梁宫中之小山也"(《庾子山集注·玉帐山铭题解》)。

落笔不同凡响。头四句写至仁山的峰、水、云、人，笔墨似实而虚，有意借助古代神话传说，渲染缥缈仙气，将山神圣化。请看：横峰如鹤岭，有仙人驾鹤飞掠；激水似龙津，多群鱼逆流腾跃；山上瑞云缭绕，有仙童出现，可访求飞升仙丹，岂非神异之山！真令人神思飞越，遐想联翩。继而笔锋一转，改用实笔描写山舍景观：远而望之，睹"飞檐枕岭"之雄姿；近而察之，悟"壁绕藤苗"之生气；自屋向外看，得“窗衔竹影”之幽趣；还能饮菊延年益寿，观桐玄思人生，真是赏心悦目，美不胜收。以上句句含景，如诗如画，将至仁山风光形容得出神入化，清绮无伦。最后顺势画龙点睛，濡毫点出山居的最高心得，亦即此铭的玄妙旨趣：“仁者可乐，将由爱静。”唯此山为静境，且唯仁者方知此静山之可乐也！

此铭融情入景，写景如画，表现出作者对自然美体察入微的观察力和点染神化的表现力。章法上，虚笔与实笔相辅相成，景语与情语相得益彰，尤堪玩味。全文除结末二句外，全部两两对偶，音韵谐美；用典多而通达，深而雅妍，不愧为集南北朝艺术之大成的大师。

（章尚正）

镜　赋

原文

天河渐没，日轮将起。燕噪吴王，乌惊御史①。玉花簟上，金莲帐里②。始折屏风，新开户扇。朝光晃眼，早风吹面。临桁下而牵衫③，就箱边而著钏。宿鬟尚卷，残妆已薄。无复唇朱，才余眉萼④。靥上星稀，黄中月落⑤。

镜台银带，本出魏宫⑥。能横却月，巧挂回风⑦。龙垂匣外，凤倚花中。镜乃照胆照心，难逢难值。镂五色之蟠龙，刻千年之古字。山鸡看而独舞，海鸟见而孤鸣。临水则池中月出，照日则壁上菱生。

暂设装奁，还抽镜屉。竞学生情，争怜今世。鬓齐故略，眉平犹剃。飞花砖子⑧，次第须安。朱开锦蹹⑨，黛蘸油檀。脂猷甲煎⑩，泽渍香兰。量髻鬓之长短，度安花之相去。悬媚子于搔头，拭钗梁于粉絮⑪。

梳头新罢照著衣，还从妆处取将归。暂看弦系，悬知缬缦⑫。衫正身长，裾斜假襻⑬。真成个镜特相宜，不能片时藏匣里，暂出园中也自随。

注

① 燕噪吴王：《越绝书·吴地传》载，秦始皇十一年，照燕看守吴宫，不慎失火烧之。此处但取字面意思，谓燕子叫声吵醒吴王。乌惊御史：汉代御史府中种植柏树，常有野乌栖息其上，晨去暮来。

② 簟(diàn)：竹席。金莲帐：后赵石虎作流苏帐，帐顶安金莲花，花中悬金箔，挂香囊。

③ 桁(hàng)：衣架。

④ 眉萼：南朝宋武帝之女寿阳公主人日卧于含章殿檐下，有梅花落于额头，留下花印，拂之不去。宫人效之，称为梅花妆。

⑤ “靥上”句：面部的一种妆饰，效星星与月亮之形，即“靥上星稀，黄中月落”之意。

⑥ 曹操《上杂物疏》曰：“御物三十种，有纯银参带台砚一枚。”镜台出魏宫之说或本此，然砚台非镜台。

⑦ 却月：意谓镜子形圆似月，可以挡住月亮。挂：阻碍。

⑧ 飞花砖子：即花砖，有花纹的砖块。

⑨ 蹹(tà)：同“踏”。“朱开锦蹹”意谓踏行之处用锦绣为之，锦上间以红色。

⑩ 甲煎：香料名，可作口脂，亦可用于焚爇。

⑪ 媚子：首饰之名。粉絮：搽粉所用的粉扑。

⑫ 弦系：《西京杂记》载，戾太子遇害时，其孙(即后来的汉宣帝)尚在襁褓之中，亦被系于郡邸狱。其臂上有祖母史良娣系上的丝绳，绳上挂着一枚身毒国宝镜，据传佩戴此镜者能得天神福佑。缬缦：一作“撷紒”。晋代女性成婚后，即以缯束其发髻，名曰“撷子紒”。

⑬ 襻：系衣裙的带。

鉴赏

《镜赋》与《春赋》一样，都是庾信的前期作品。庾信还有同题材的《镜》诗，梁简文帝等人也有《咏镜》诗，表明这篇赋也是宫中酬应之作。全赋写镜，处处从美人入手，写美人对镜梳妆，又从晨起妆残开始。对美人服饰妆容首饰的描写不厌其烦，表现出明显的宫体特征。

赋之始，先写天将晓，燕乌叫声将人唤醒。《越绝书·

吴地传》载，秦始皇十一年，照燕看守吴宫，不慎失火烧之。汉代御史府中种植柏树，常有野乌栖息其上，晨去暮来。此处但取字面意思，谓燕噪乌啼吵醒睡梦中人，以此引出被惊醒的女子。对于该女子，先以玉花簟、金莲帐状其床榻精美，然后写其起床，折起屏风，打开门窗，睡眼半睁，慵懒地穿衣戴钏。从“宿鬟尚卷”至“黄中月落”，皆绘其未梳妆时的情形，以美人妆残为铜镜的出现作铺垫。

“镜台银带”至“凤倚花中”，以同韵的三组对句写镜台的渊源与精美的形状。以下则写镜自身。《西京杂记》谓秦始皇有方镜，可照人脏腑，知人病症。女子若有邪心，照之则胆张心动。秦始皇常以之照宫人，胆张心动者则杀之。“照胆照心”写其神异，“蟠龙”“古字”谓其背面精美的雕饰与古老的铭文，以下又连用山鸡舞镜、鸾鸟鸣影多个与镜子密切相关的典故。《异苑》载山鸡爱其毛羽，映水则舞。南方有人献此鸟于曹操，欲其舞，遂置大镜于其前。山鸡对镜而舞，直至累死，后世遂多有作《山鸡舞镜》赋者。东晋范泰有《鸾鸟诗》，诗序谓罽宾王得鸾鸟，喜爱非常，无奈鸟始终不鸣，后听从夫人建议，悬镜以照之，鸾鸟遂对影而鸣。临水月出、照日菱生两句，谓铜镜映于水中则形如满月，映着日光则墙壁光影形如菱花。在《镜》诗中，庾信有“月生无有桂，花开不逐春”之句，意谓镜如月，但是并无月中之桂花；镜形如菱花，并非真花，故盛开不分时令。也是就月与花二意申说，与此赋中两句意思相近。

对铜镜作了详细铺陈后，方开始描绘女子对镜梳妆。拉开镜屉，取出梳妆用具，修齐鬓角眉梢，描画眉毛，涂上口红，头发抹上香兰膏泽，插花于鬓，对镜度量髻鬓长短，再插上簪钗。而她的梳妆之处，花砖铺地，锦绣覆盖。如此细细装扮，是为"竞学生情，争怜今世"，曹植《洛神赋》云"柔情绰态，媚于语言"，所谓"生情"，即谓也表现出这样的"柔情绰态"。

对镜梳妆完毕后，复又取镜照衣。"弦系"代指幼年，"缬缦"指成婚。"暂看弦系，悬知缬缦"，此为虚化之笔，从幼年直照至成婚，以片刻不能相离结束全赋。

本赋典故密集，用典之法多样。或仅取字面意义，如"燕噪吴王"。或罗列与所写对象相关的故事，如秦始皇以镜照人脏腑、山鸡舞镜、孤鸾鸣影。或是更为灵活地化用典故，如"龙垂匣外，凤倚花中"。据龙辅《女红余志》载，贾充妻李婉有对凤垂龙玉镜台。谢朓《咏镜台诗》云："对凤悬清冰，垂龙挂明月。"对凤、垂龙已经成为写镜子的常见典故，故庾信变而用之。又如"照日则壁上菱生"，照日菱生，显是菱花镜，《飞燕外传》载赵飞燕之妹献给她三十六物，其中即有七出菱花镜一枚。

用典是庾信赋的典型特征，不过前期作品典故运用多为物象的简单罗列，既非"举人事以征义"，也非"引成辞以明理"(《文心雕龙·事类》)，虽有体物浏亮之效，却缺乏与当下情境、情感的关联。后期作品中的典故才摆脱了单纯的装饰性，古事与今事、今情之间有了关联，“援古以证今”的性质才落到实处。

（陈曙雯）

小园赋

原文

若夫一枝之上，巢父得安巢之所[1]；一壶之中，壶公有容身之地[2]。况乎管宁藜床[3]，虽穿而可坐；嵇康锻灶[4]，既暖而堪眠。岂必连闼洞房，南阳樊重之第；赤墀青琐，西汉王根之宅[5]。余有数亩敝庐，寂寞人外，聊以拟伏腊，聊以避风霜。虽复晏婴近市，不求朝夕之利[6]；潘岳面城，且适闲居之乐[7]。况乃黄鹤戒露，非有意于轮轩[8]；爰居避风，本无情于钟鼓[9]，陆机则兄弟同居[10]，韩康则舅甥不别[11]。蜗角蚊睫[12]，又足相容者也。

尔乃窟室徘徊，聊同凿坯[13]。桐间露落，柳下风来。琴号珠柱，书名《玉杯》[14]，有棠梨而无馆，足酸枣而非台[15]。犹得欹侧八九丈，纵横数十步，榆柳两三行，梨桃百余树。拨蒙密兮见窗，行欹斜兮得路，蝉有翳兮不惊[16]，雉无罗兮何惧[17]。草树混淆，枝格[18]相交。山为篑覆，地有堂坳[19]。藏狸并窟，乳鹊重巢[20]，连珠细菌，长柄寒匏[21]。可以疗饥，可以栖迟[22]。崎岖兮狭室，穿漏兮茅茨，檐直倚而妨帽，户平行而碍眉。坐帐无鹤，支床有龟[23]。鸟多闲暇，花随四时。心则历陵枯木，发则睢阳乱丝[24]。非夏日而可畏，异秋天而可悲[25]。

一寸二寸之鱼，三竿两竿之竹，云气荫于丛蓍，金精养于秋菊[26]。枣酸梨酢,桃榹李薁[27]。落叶半床,狂花满屋。名为野人之家,是谓愚公之谷[28]。试偃息于茂林,乃久羡于抽簪[29],虽有门而长闭,实无水而恒沉[30]。三春负锄相识,五月披裘见寻[31]。问葛洪之药性,访京房之卜林[32]。草无忘忧之意,花无长乐之心[33],鸟何事而逐酒,鱼何情而听琴[34]?

加以寒暑异令,乖违德性,崔骃以不乐损年[35],吴质以长愁养病[36]。镇宅神以埋石,厌山精而照镜[37]。屡动庄舄之吟[38],几行魏颗之命[39]。薄晚闲闺,老幼相携[40],蓬头王霸之子[41],椎髻梁鸿之妻[42]。燋麦两瓮,寒菜一畦。风骚骚而树急,天惨惨而云低。聚空仓而雀噪[43],惊懒妇而蝉嘶[44]。

昔草滥于吹嘘[45],藉《文言》之庆余[46]。门有通德[47],家承赐书[48]。或陪玄武之观,时参凤凰之墟[49],观受釐于宣室,赋《长杨》于直庐[50]。

遂乃山崩川竭[51],冰碎瓦裂,大盗潜移[52],长离永灭[53]。摧直辔于三危,碎平途于九折[54]。荆轲有寒水之悲,苏武有秋风之别[55]。关山则风月凄怆,陇水则肝肠断绝[56]。龟言此地之寒[57],鹤讶今年之雪[58]。百龄兮倏忽,光华兮已晚。不雪雁门之踦[59],先念鸿陆之远[60]。非淮海兮可变,非金丹兮能转[61]。不暴骨于龙门,终低头于马坂[62]。谅天造兮昧昧,嗟生民兮浑浑[63]。

注

① 巢父：皇甫谧《高士传》："巢父者，尧时隐人也，山居不荣世利，年老以树为巢而寝其上。"

② 壶公：《后汉书·方术传》："费长房者，汝南人也，曾为市掾。市中有老翁卖药，悬一壶于肆头，及市罢，辄跳入壶中。"

③ 管宁藜床：《三国志·魏书·管宁传》注引《高士传》："管宁自越海及归，常坐一木榻，积五十余年，未尝箕股，其榻上当膝处皆穿。"

④ 嵇康锻灶：《晋书》本传："（嵇康）性绝巧而好锻。宅中有一柳树甚茂，乃激水圜之，每夏月，居其下以锻。"

⑤ "岂必"四句：樊重之第，《后汉书·樊宏传》："樊宏，南阳湖阳人。父重。其所起庐舍，皆有重堂高阁，陂渠灌注。"连闼，谓门闼相连属。王根之宅，王根，汉元帝皇后庶弟，封曲阳侯。根骄奢僭上，赤墀青琐。见《汉书·元后传》。皇帝宫殿阶地涂丹漆，故称赤墀。青琐，门上刻为连琐文，以青涂之，为天子之制。

⑥ 晏婴近市：《左传·昭公三年》："（齐）景公欲更晏子之宅，曰：'子之宅近市，湫隘嚣尘，不可以居，请更诸爽垲者。'辞曰：'君之先臣容焉，臣不足以嗣之，于臣侈矣。且小人近市，朝夕得所求。小人之利也，敢烦里旅（职掌卿大夫之家宅者）！'"

⑦ 潘岳面城：潘岳《闲居赋》："于是退而闲居于洛之涘……面郊后市。"面，面向。

⑧ 黄鹤戒露：周处《风土记》："鸣鹤戒露，此鸟性警，至八月白露降，流于草上，滴滴有声，因即高鸣相警，移徙所宿处。"轮轩：车乘。《左传·闵公二年》："卫懿公好鹤，鹤有乘轩者。"

⑨ 爰居避风：《国语·鲁语上》："海鸟曰爰居，止于鲁东门之外三日，臧文仲使国人祭之。展禽曰：'今兹海其有灾乎？夫广川之鸟兽，恒知避其灾也。'是岁也，海多大风。"钟鼓：祭祀所用的乐器。

⑩ 陆机则兄弟同居：《世说新语·赏誉》："蔡司徒在洛，见陆机兄弟住参佐廨中，三间瓦屋，士龙住东头，士衡住西头。"陆机，字士衡。弟陆云，字士龙。

⑪ 韩康则舅甥不别：《晋书·殷浩传》："（浩）废为庶人，徙于东阳之信安县……浩甥韩伯（字康伯），浩素赏爱之，随至徙所。"

⑫ 蜗角蚊睫：形容居处极狭小。《庄子·则阳》："有国于蜗之左角者

曰触氏,有国于蜗之右角者曰蛮氏,时相与争地而战,伏尸数万。"《晏子春秋·外篇》:"东海有虫,巢于蚊睫。"

⑬ 凿坯:《淮南子·齐俗训》:"颜阖,鲁君欲相之而不肯,使人以币先焉,凿培(pēi)而遁之。"培通"坯",屋的后墙。这里凿坯指后墙穿洞,比喻屋破。

⑭ 珠柱:琴名,以珠为支弦琴柱。《玉杯》:书篇名,汉董仲舒撰,收入《春秋繁露》。

⑮ 棠梨:果木名,又汉甘泉宫中馆名,见《三辅黄图》。酸枣:果木名,又为县名,治所在今河南延津县北。旧有韩王望气台,见《水经·济水注》。二句谓园中虽有棠梨、酸枣,而无馆与台。

⑯ "蝉有"句:《庄子·山木》:"睹一蝉方得美荫而忘其身,螳螂执翳而搏之。"此反用其意,谓蝉得荫蔽,所以不惊。

⑰ "雉无"句:《诗·王风·兔爰》:"雉离(罹)于罗。"此亦反用其意,言雉无罗网,所以无惧。

⑱ 枝格:枝条。长枝曰格。

⑲ "山为"二句:《论语·子罕》:"譬如平地,虽覆一篑,进,吾往也。"篑,土筐。堂坳,小水洼。《庄子·逍遥游》:"覆杯水于坳堂之上,则芥为之舟。"二句极言园之狭小。

⑳ "藏狸"二句:言园狭小,故狸相连作窟,鹊重叠作巢。

㉑ "连珠"二句:亦言园小,菌的生长只能紧密如连珠;匏(葫芦)无地可容,只能伸出长柄。

㉒ "可以疗饥"二句:《诗·陈风·衡门》:"衡门之下,可以栖迟;泌之洋洋,可以乐饥。"乐饥,郑玄笺解作"瘵饥",即"疗饥"。

㉓ "坐帐"二句:《神仙传》:"介象,字元则,会稽人也。吴王征至武昌,甚尊敬之,称为介君。诏令立宅,供帐皆是绮绣,遗黄金千镒,从象学隐形之术。后告言病,帝以美梨一奁赐象。象食之,须臾便死。帝埋葬之。以日中死,晡时已至建邺,所赐梨付苑吏种之。吏后以表闻,先主即发棺视之,惟一符耳。帝思之,与立庙,时时躬往祭之。常有白鹤来集座上,迟回复去。"《史记·龟策列传》:"南方老人用龟支床足,行二十余岁,老人死,龟尚生不死。"坐帐无鹤,暗示不能像介象那样自由返回梁朝的都城建邺(今江苏南京);支床有龟,说只能像那龟一样久滞长安。

㉔ 历陵:县名,汉属豫章郡,在今江西九江市东。《宋书·五行志三》:

"永嘉六年(312)七月,豫章郡有樟树久枯,是月忽更荣茂。"此言自己心如枯木。睢阳:古邑名,即今河南商丘。《墨子·所染》:"子墨子言见染丝者而叹曰:'染于苍则苍,染于黄则黄,所入者变,其色亦变。'"由染丝变色而联想到头发丝。墨子宋人,睢阳为春秋时宋国都城,故此称乱发为睢阳乱丝。

㉕ "非夏日"二句:《左传·文公七年》:"酆舒问于贾季曰:'赵衰、赵盾孰贤?'对曰:'赵衰冬日之日,赵盾夏日之日也。'"杜预注:"冬日可爱,夏日可畏。"宋玉《九辩》:"悲哉秋之为气也!"此处活用典故,言非夏日亦可畏,非秋天亦堪悲,以状其处境之苦。

㉖ "云气"二句:《史记·龟策列传》:"蓍生满百茎者,其下必有神龟守之,其上常有青云覆之。"《玉函方》:"甘菊,九月上寅日采,名曰金精。"

㉗ "枣酸"二句:东汉马第伯《封禅仪记》:"国家上坛,见酢梨酸枣狼籍。"酢(cù),"醋"之本字,又大酸也。桃榹(sī),《尔雅·释木》:"榹桃,山桃。"左思《蜀都赋》:"榹桃函列,梅李罗生。"李薁(yù),司马相如《上林赋》:"隐夫薁棣。"注:"薁,山李也。"二句本为"酸枣酢梨,榹桃薁李",作者有意倒置。

㉘ 野人:乡野之人,农夫。愚公之谷:《说苑·政理》:"齐桓公出猎,逐鹿而走,入山谷之中,见一老公而问之曰:'是为何谷?'对曰:'为愚公之谷。'桓公曰:'何故?'对曰:'以臣名之。'"

㉙ 抽簪:古人以簪绾发,抽簪即散发,意为弃官闲居。

㉚ 无水而恒沉:《庄子·则阳》:"方且与世违而心不屑与之俱,是陆沉者也。"郭象注:"人中隐者,譬无水而沉。"

㉛ 负锄:代指农夫。皇甫谧《高士传》:"林类者,魏人也,年且百岁,底春披裘,拾遗穗于故畦,并歌并进。孔子适卫,望之于野,顾谓弟子曰:'彼叟可与言者。'"五月披裘:皇甫谧《高士传》:"披裘公者,吴人也。延陵季子出游,见道中有遗金,顾披裘公曰:'取彼金!'公投镰瞋目拂手而言曰:'何子处之高而视人之卑!五月披裘而负薪,岂取金者哉!'"

㉜ "问葛"二句:葛洪,字稚川,晋丹阳句容(今属江苏)人,道教理论家、医学家,著有《抱朴子》,医学著作有《金匮药方》一百卷、《肘后要急方》四卷。京房,字君明,汉东郡顿丘(今河南浚县西)人,治《易》,精于占卜。今传《京氏易传》三卷。

㉝ “草无”二句：忘忧，草名。《诗·卫风·伯兮》毛传：“谖(萱)草令人忘忧。”长乐，花名。傅咸《紫华赋序》：“紫华，一名长乐花。”

㉞ “鸟何”二句：《庄子·至乐》：“昔者海鸟止于鲁郊，鲁侯御而觞之于庙……鸟乃眩视忧悲，不敢食一脔，不敢饮一杯，三日而死。”《韩诗外传》：“昔伯牙鼓琴而渊鱼出听。”

㉟ 崔骃：东汉窦宪为车骑将军，辟骃为掾。宪擅权骄恣，骃数谏之，宪不能容，使出为长岑长。骃自以为远去不得意，遂不赴任，卒于家。见《后汉书》本传。

㊱ “吴质”句：吴质《答魏太子(曹丕)笺》：“今质已四十二矣，白发生鬓，所虑日深，实不复若平日之时也。”

㊲ “镇宅”二句：梁宗懔《荆楚岁时记》：“十二月暮日，掘宅四角，各埋一大石以镇宅。”厌(yā)，同“压”，抑制。《抱朴子·登涉》：“万物之老者，其精悉能假托人形，以眩惑人目而常试人，唯不能于镜中易其真形耳。是以古之入山道士，皆以明镜径九寸以上悬于背后，则老魅不敢近人。”

㊳ 庄舄之吟：《史记·张仪列传》：“越人庄舄，仕楚执珪，有顷而病。楚王曰：‘舄故越之鄙细人也，今仕楚执珪，贵富矣，亦思越不？’中谢(侍御之官)对曰：‘凡人之思故，在其病也，彼思越则越声，不思越则楚声。’使人往听之，则尚越声也。”

㊴ 魏颗之命：《左传·宣公十五年》：“魏武子有嬖妾，无子。武子疾，命颗曰：‘必嫁是妾！’疾病，则曰：‘必以为殉！’及卒，颗嫁之。曰：‘疾病则乱，吾从其治(合理的)也。’”这两句意谓自己离开梁朝至魏，常思故国，病甚至于昏乱。

㊵ 闲闺：空闺，指居室。老幼相携：庾信家中老幼并在长安。《哀江南赋》：“提挈老幼，关河累年。”

㊶ 蓬头王霸之子：《后汉书·王霸妻传》载，王霸与同郡令狐子伯为友，后子伯为楚国国相，其子为郡功曹。子伯令儿子奉书于霸，车马雍容，而王霸子方在田野耕种，蓬发历齿，不知礼数，王霸见之，不觉自失。

㊷ 椎髻梁鸿之妻：《后汉书·梁鸿传》载，梁鸿，字伯鸾。同县孟氏有女，择对不嫁。父母问其故，女曰：“欲得贤如梁伯鸾者。”鸿闻而聘之。及嫁，始以装饰入门，七日而鸿不答，妻乃更为椎髻，著布衣，操作而前。鸿大喜曰：“此真梁鸿妻也。”椎髻，简易像椎形之发髻，喻

简朴。

㊸ 空仓而雀噪：晋苏伯玉妻《盘中诗》："空仓雀，常苦饥。"

㊹ "惊懒妇"句：陆玑《毛诗草木鸟兽虫鱼疏》："蟋蟀，幽州人谓之趣织，督促之言也。里语曰'趣织鸣，懒妇惊'是也。"本指蟋蟀鸣声，作者移用于蝉嘶。

㊺ "昔草"句：用南郭处士滥竽充数故事，指年轻时仕于梁朝。《韩非子·内储说上》："齐宣王使人吹竽，必三百人，南郭处士请为王吹竽，宣王悦之，廪食以数百人。宣王死，湣王立，好一一听之，处士逃。"

㊻ "藉文"句：《易·乾·文言》："积善之家，必有余庆。"指己仕梁系赖先人之余荫。按庾信之父庾肩吾为梁散骑常侍、中书令；伯父庾於陵黄门侍郎、中书通事舍人、荆州大中正。

㊼ 门有通德：《后汉书·郑玄传》："郑玄，字康成，北海高密人。（北海）国相孔融深敬于玄，屣履造门，告高密县为玄特立一乡，曰郑公乡，广开门衢，令容高车，号为通德门。"信之祖父庾易在齐屡征不赴，故比之郑玄。

㊽ 家承赐书：班固《汉书·叙传》：班固父班彪"与从兄嗣共游学，家有赐书"。赐书，皇帝颁赐的书籍。庾信父肩吾与伯父於陵并有文名，并受宠于朝廷，此以班固父班彪与伯父班嗣事作比。

㊾ "或陪"二句：玄武，汉宫阙名。《三辅旧事》："未央宫北有玄武阙。"凤凰，汉宫殿名。《三辅黄图》："汉宫殿有凤凰殿。"此用以代指梁朝宫阙。二句言自己在梁朝出入宫禁。

㊿ "观受"二句：受釐，祭祀后以祭余之肉归致皇帝，以示受福，称受釐。《史记·贾生列传》：贾谊出为长沙王太傅，"后岁余，贾生征见，孝文帝方受釐，坐宣室。上因感鬼神事，而问鬼神之本。贾生因具道所以然之状"。长杨，汉宫名。扬雄曾作《长杨赋》。以上四句写在梁曾侍皇帝游宴。

51 山崩川竭：《国语·周语上》："（周）幽王二年，西周三川皆震。伯阳父曰：'夫国必依山川，山崩川竭，亡之征也。'"

52 大盗潜移：指侯景之乱。梁武帝太清二年（548），侯景攻陷建邺，武帝饿死台城。梁简文即位。大宝二年（551）侯景又杀简文帝，自称皇帝。

53 长离：二十八宿中南方七宿（井、鬼、柳、星、张、翼、轸）组成鸟状图像，南方属火，称朱鸟或朱雀，又称长离。这里代指梁朝。

㉞ “摧直”二句：三危，中国古代西方山名，其所指不一，一说在甘肃敦煌东南，一说在甘肃陇西县西北。九折，九折坂，在今四川荥经县西邛崃山。二处为象征性地名，喻艰险。言侯景之乱，摧毁往日平直的道路。

㉟ “荆轲”句：《燕丹子》：“荆轲入秦，不择日而发，太子与知谋者皆素衣冠送之于易水之上。荆轲起为寿，歌曰：‘风萧萧兮易水寒，壮士一去兮不复还。’”“苏武”句：《文选》李陵《与苏武》诗：“长当从此别，且复立斯须。欲因晨风发，送子以贱躯。”二句言自己出使西魏。

㊱ “关山”二句：古乐府有《关山月》，南北朝作品多写戍卒思家和家人念远之情。陇水，古乐府《陇头歌辞》：“陇头流水，鸣声呜咽。遥望秦川，肝肠断绝。”两句写北行路上之苦。

㊲ “龟言”句：《晋书·苻坚载记》：“高陆人穿井得龟，大三尺，背有八卦文。坚命大卜池养之，食以粟，及此而死，藏其骨于太庙。其夜庙丞高虏梦龟谓之曰：‘我本出将归江南，遭时不遇，陨命秦庭。’”作者引此以寄不得归江南之恨。

㊳ “鹤讶”句：刘敬叔《异苑》：晋太康二年（281）冬大寒，南州人见二鹤语于桥下，曰：“今兹寒不减尧崩年也。”清倪璠《庾子山集注》谓此句乃伤梁元帝之死。

㊴ 雁门之踦：《汉书·段会宗传》载，会宗为雁门太守，坐法免，复为西域都护。会宗为人好大节，矜功名，与谷永相友善。谷永悯其老复远出，予书戒曰：“愿吾子因循旧贯，毋求奇功，终更亟还，亦足以复雁门之踦。万里之外，以身为本，愿详思愚言。”踦（jī）通“奇”，不利。段会宗为雁门太守被免职，故称雁门之踦。雪，洗刷。

㊵ 鸿陆之远：《易·渐》：“鸿渐于陆，夫征不复。”言大雁飞行渐进于小山顶，宛如夫君远征一去不还。以上二句说未能洗雪失败之耻，却远使西魏，不得南归。

㊶ “非淮”二句：《国语·晋语九》：“赵简子叹曰：‘雀入于海为蛤，雉入于淮为蜃。鼋鼍鱼鳖，莫不能化，唯人不能，哀夫。’”《抱朴子·金丹》：“一转之丹，服之三年得仙。二转之丹，服之二年得仙……九转之丹，服之三日得仙。”二句慨叹不能如雀雉金丹之能变。

㊷ 暴骨于龙门：《艺文类聚》卷九六引辛氏《三秦记》：“河津一名龙门。大鱼集龙门下数千，不得上，上者为龙，不上者（有脱文），故云曝鳃

龙门。”低头于马坂:《战国策·楚策四》:“夫骥之齿至矣,服盐车而上太行,蹄申膝折,尾湛胕溃,漉汁洒地,白汗交流,中阪迁延,负辕不能上。”二句喻自己不能摆脱异国的羁绊。

63 天造兮昧昧:《易·屯》:“天造草昧。”言大自然制造万物于草创之际、冥昧之时。浑浑:无知貌。此两句说信天道之幽昧,叹百姓之无知,以慨叹结束全篇。

鉴赏

庾信于梁元帝承圣三年(554),奉命使北,未终使命,西魏大军进犯江陵。江陵陷落后,元帝遇害,十万臣民被掠至长安。庾信羁留长安,被迫仕于西魏、北周。从此,他再也没有回到南方去,而是“移住华阴下,终为关外人”了。在北朝他度过了二十六个年头,虽位望通显,但对于屈仕魏、周,他常感面惭耳热,为臣不忠,为子不孝。一方面怀着仕北的惭耻,另一方面又对其愿隐居而不可得,表示极大的遗憾。故写《小园赋》以寄慨,以乡关之思,发为哀怨之辞。

全赋可分六段。首段写自己本无情于禄仕,不求华堂大厦,但求一席之地足以容身。此段用对比的方法并借用历史典故以明心迹。他愿像巢父那样,夏则居巢,冬则穴处;像壶公那样,夜间在壶中存身;像管宁与嵇康那样,将藜床坐穿,将锻灶兼作暖炕使用,以简居自安。至于像东汉时代南阳人樊重,庐舍豪华,门闼洞开,重堂高阁,广厦相连;西汉的曲阳侯王根,家中赤墀青琐,与皇宫相似。作者并不希望有樊重、王根那种豪华的宅第。有了上文的对比与抉择，下文将笔一转，自然地过渡到自己理想中的小园生活："数亩敝庐，寂寞人外，聊以拟伏腊，聊以避风霜"，虽居近市井，结庐人境，但不求朝夕得居市之利，唯求闲适之乐。作者又用"黄鹤戒露"比喻自己处境险恶，企图以隐居而求远祸自全。以鹤的无意乘轩和爰居本为避海风而来，没想到国人以钟鼓祭之，表示自己本无意做官，而今却冠冕加身了。看来还是弃官归隐，求得"亲戚共一处，子孙还相保"(陶渊明《杂诗》)为好。巢林之鸟，不过栖于一枝，哪怕自己的敝庐小如蜗角蚊睫，可以容身足矣，此外又何所营求？

第二段回笔再写他理想中的小园风光。园子虽小，犹得"欹侧八九丈，纵横数十步，榆柳两三行，梨桃百余树"。居室虽如窟室如凿坯，但可以领略"桐间露落，柳下风来"的逸趣，可以读书弹琴于其间。园中有繁茂的花草树木为伴，有无忧无虑的鸟儿为侣。但是这些想象中的乐趣又何尝能够得到？自己如今头发已白，年貌俱衰，形如枯木，心同死灰，内心笼罩着畏惧与忧愁，又有什么乐趣可言？

第三段再写小园景物，其中有池鱼、修竹，花草丛生，果树繁多，以至落叶狂花，纷飞乱舞。如野人之家，愚公之谷，"虽有门而长闭，实无水而恒沉"，相识与见寻者都是隐士或学者。但是这种生活又何尝能得到。如今旅居长安，花草虽多，但起不到忘忧长乐的作用。自己本愿像飞鸟与游鱼一样，栖于深林，潜于重渊，如今却屈仕魏、周，失其故性，真是“望云惭高鸟，临水愧游鱼”（陶渊明《始作镇军参军经曲阿作》），以至触景皆是痛苦。

第四段先以吴质和崔骃的不得志喻己，复以庄舄的病中作越吟，喻己之恒念故国梁朝。以下数句，喻己提携老幼，关河累年，处境困难，事不如意，不免屡动乡关之思，作穷愁之吟。

第五段以倒叙之法，插入往事的回忆。言昔日在梁时，父子在东宫，出入宫廷，恩宠无比，如贾谊之应召宣室，扬雄之作赋《长杨》。

最后一段，由回忆承平之际的梁朝，转笔写梁末的动乱。《赋》中所写的“山崩川竭”的一次大动乱，指太清二年(548)的侯景之乱。此乱打破了“五十年来，江表无事”的局面，自此以后，庾信流离失所，屡遭挫折。荆轲、苏武之事，喻己聘于西魏，被留长安。仰望关山，清风明月亦含凄怆之色，听胡笳而落泪，闻流水而断肠。“龟言”句，喻己不愿老死长安。“鹤讶”句，指梁元帝遇害之年（承圣三年）。“百龄兮倏忽”以下数句，言壮年遭逢世乱，流离而成暮齿，命运不济，注定不能返回故土，屈节仕北，其局已定，此辱难洗，天道昧昧，一切都是多么渺茫啊！在深极悲痛之中，结束全篇。

庾信六十七岁以疾去职，六十九岁辞世，一生未曾隐居。此赋所写的小园光景，实为虚拟想象中的境界，莫作真实的赋景读。从谋篇看，前半篇俱从小园落想，后半篇以乡关之思,发为哀怨之辞。写景言情,几乎全借重典故。琐陈缕述,反复申说,悲感淋漓,体现庾信坎壈咏怀,穷途一恸的心情。

庾信在赋中勾画的小园光景,有陶渊明田园诗的影子。庾信《拟咏怀》诗说:“怀抱独昏昏,平生何所论?由来千种意,并是桃花源。”足见桃花源式的隐居生活,诗人庾信曾心向往之。陶诗所写的“方宅十余亩,草屋八九间。榆柳荫后檐,桃李罗堂前”(《归园田居》),“弊庐何必广,取足蔽床席”(《移居》),“园日涉以成趣,门虽设而常关……悦亲戚之情话,乐琴书以消忧”(《归去来兮辞》)。这些描写,均可以在《小园赋》中隐约看到。陶诗多真景物,是真性情的流露;庾信的《小园赋》多虚拟之景,在构思时曾借鉴过陶渊明诗文的意境。而以乡关之思,发为哀怨之辞,风格沉郁悲凉,与陶就大不相同了。

(刘文忠)

枯树赋

原文

殷仲文风流儒雅，海内知名；世异时移，出为东阳太守，常忽忽不乐，顾庭槐而叹曰："此树婆娑，生意尽矣。"

至如白鹿贞松，青牛文梓；根柢盘魄，山崖表里。桂何事而销亡[①]，桐何为而半死[②]？昔之三河徙植，九畹移根；开花建始之殿，落实睢阳之园。声含嶰谷[③]，曲抱《云门》[④]；将雏集凤[⑤]，比翼巢鸳[⑥]。临风亭而唳鹤，对月峡而吟猿。乃有拳曲拥肿，盘坳反覆；熊彪顾盼，鱼龙起伏。节竖山连[⑦]，文横水蹙[⑧]。匠石[⑨]惊视，公输[⑩]眩目。雕镌始就，剞劂仍加；平鳞铲甲，落角摧牙；重重碎锦，片片真花；纷披草树，散乱烟霞。

若夫松子、古度，平仲、君迁[⑪]，森梢百顷，槎枿千年。秦则大夫受职[⑫]，汉则将军坐焉[⑬]。莫不苔埋菌压，鸟剥虫穿；或低垂于霜露，或撼顿于风烟。东海有白木之庙，西河有枯桑之社，北陆以杨叶为关，南陵以梅根作冶[⑭]。小山则丛桂留人[⑮]，扶风则长松系马[⑯]。岂独城临细柳[⑰]之上，塞落桃林[⑱]之下。

若乃山河阻绝，飘零离别；拔本垂泪，伤根沥血。火入空心，膏流断节。横洞口而欹卧，顿山腰而半折，文斜者百围冰碎，理正者千寻瓦裂。载瘿衔瘤，藏穿抱穴，木魅睒睗，山精妖孽。

况复风云不感[19]，羁旅无归；未能采葛[20]，还成食薇[21]；沉沦穷巷，芜没荆扉；既伤摇落，弥嗟变衰[22]。《淮南子》云："木叶落，长年悲[23]。"斯之谓矣。乃歌曰："建章三月火，黄河万里槎；若非金谷满园树，即是河阳一县花。"桓大司马闻而叹曰："昔年种柳，依依汉南；今看摇落，凄怆江潭。树犹如此，人何以堪！"

注

① 桂何事而销亡：《汉书·外戚传》汉武帝悼李夫人赋："秋气潜以凄泪兮，桂枝落而销亡。"

② 桐何为而半死：枚乘《七发》："龙门之桐，高百尺而无枝……其根半死半生。"

③ 声含嶰谷：《汉书·律历志上》："黄帝使泠纶（一名伶伦，黄帝时乐官）自大夏之西，昆仑之阴，取竹之解谷生，其窍厚均者，断两节间而吹之，以为黄钟之宫。"解谷，同"嶰谷"，借以指黄钟之声。

④ 《云门》：相传为黄帝时乐舞。

⑤ 将雏集凤：应璩《百一诗》："为作《陌上桑》，及言《凤将雏》。"《晋书·乐志》："吴歌杂曲中有《凤将雏》。"

⑥ 比翼巢鸳：干宝《搜神记》载宋康王埋韩凭夫妻，"宿昔之间，便有大梓木生于二冢之端，旬日而大盈抱，屈体相就，根交于下，枝错于上。又有鸳鸯，雌雄各一，恒栖树上，晨夕不去，交颈悲鸣，音声感人"。

⑦ 节竖山连：节，柱上承梁的斗栱，刻作山形，又名山节。

⑧ 文横水蹙：文，绘于梁上短柱的水草状花纹。蹙，紧凑貌。

⑨ 匠石：《庄子·人间世》记巧匠名"石"者自鲁至齐，经过曲辕地方，见一栎树，枝叶覆荫，蔽数千牛，围粗百尺，而臃肿不成材，匠石弃之而不顾。

⑩ 公输：公输般，即鲁班，鲁之巧匠。

⑪ 松子、古度、平仲、君迁：皆为木名。松子，一作松梓。左思《吴都赋》："平仲桾櫏，松梓古度。"刘逵注："平仲之木，实白如银。君迁之树，子如瓠形。松、梓，二木名。古度，树也，不华而实，子皆从皮

中出，大如安石榴，正赤，初时可煮食也，广州有之。”

⑫ 大夫受职：《史记·秦始皇本纪》：“二十八年，始皇东行郡县，乃遂上泰山，立石，封，祠祀，下，风雨暴至，休于树下，因封其树为五大夫。”

⑬ 将军坐：《后汉书·冯异传》：“诸将并坐论功，异常独屏树下，军中号曰大树将军。”

⑭ “东海有白木之庙”四句：统言东西南北四方有庙、社、关、冶，以木得名者。梅根冶，镇名，在安徽贵池县梅根港东五里，晋及六朝以来皆在此炼铜铸钱。

⑮ “小山”句：《楚辞·招隐士》序：“《招隐士》者，淮南小山之所作也。”其词曰：“桂树丛生兮山之幽。”又云：“攀援桂枝兮聊淹留。”

⑯ “扶风”句：刘琨《扶风歌》：“系马长松下，发鞍高丘头。”

⑰ 细柳：汉周亚夫屯军处，在今陕西咸阳市西南。

⑱ 桃林：《左传·文公十三年》：“晋侯使詹嘉处瑕(地名)，以守桃林之塞。”桃林塞在今河南灵宝西。瑕在今山西芮城南，与桃林隔黄河相对，故处瑕即可守桃林。

⑲ 风云不感：《后汉书·中兴二十八将传论》：“中兴二十八将，咸能感会风云，奋其智勇。称为佐命，亦各智能之士也。”风云不感，是说没有机会为国效劳。

⑳ 采葛：《诗·王风》有《采葛》篇。郑玄笺：“喻臣以小事使出。”

㉑ 食薇：《史记·伯夷列传》：“武王已平殷乱，天下宗周，而伯夷、叔齐耻之，义不食周粟，隐于首阳山，采薇而食之。”

㉒ 摇落、变衰：宋玉《九辩》：“悲哉秋之为气也，萧瑟兮草木摇落而变衰。”

㉓ 《淮南子》三句：《淮南子·说山训》：“故桑叶落而长年悲也。”高诱注：“桑叶时将茹落，长年惧命尽，故感而悲也。”

鉴赏

《枯树赋》是庾信由南朝流入北朝之后的作品。张鷟《朝野佥载》说：“梁庾信从南朝初至北方，文士多轻之，信将《枯树赋》以示之，于后无敢言者。”此说不可信。庾信第一次作为梁使奉命使北在三十三岁之时，从《枯树赋》所写的“风云不感，羁旅无归；未能采葛，还成食薇；沉沦穷巷，芜没荆扉；既伤摇落，弥嗟变衰”等内容看，流露出“乡关之思”和仕北的惭耻，当写于后期。

《枯树赋》是咏物赋，但它的咏物是有所寄托的。赋中枯树的形象与遭际，是作者自我形象的写照。正像倪璠所说：“《枯树赋》者，庾子山乡关之思所为作也。”（《庾子山集注》）

赋的开头一段，借殷仲文之事以发端，兼切赋题。殷仲文是东晋的名士，桓玄称帝时，以殷仲文为侍中，领左卫将军。桓玄败后，虽免于死，却已有些失意了。《世说新语·黜免》载：“桓玄败后，殷仲文还为大司马咨议，意似二三，非复往日。大司马府厅前有一老槐，甚扶疏，殷因月朔，与众在厅，视槐良久，叹曰：‘槐树婆娑，无复生意。’殷仲文既素有名望，自谓必当阿衡朝政，忽作东阳太守，意甚不平。”这就是第一段所概括的本事。第一段在全赋起了序文的作用。

从“至如白鹿贞松”至“散乱烟霞”为第二段。此段写了各种各样的树木，其中有《十三州志》所记的白鹿塞的古松，有《搜神记》所写的“青牛大梓树”等。尽管它们盘根广大，结体山崖，到头来有的消亡了，有的半死不活。“开花建始之殿（在洛阳），落实睢阳之园（在商丘）”的树木是不幸的，因为它离开了故土。这几句隐寓作者本是梁朝之臣，而今流落北朝，飘零异地，不觉年老，像枯树一样，已失去生意。下文转笔写各种不材之木，其中有弯曲臃肿的，也有节疤横生的，加工这种树木，使能工巧匠也望而生畏；但经过一番雕刻砍削之后，居然能雕出诸如“重重碎锦，片片真花；纷披草树，散乱烟霞”之类的美丽图案。无材之木偏偏有用，与此相反，便出现了“材大难为用”的反常现象。

“若夫松子、古度”以下至“塞落桃林之下”为第三段。此段也写了名目繁多的树木，如松子、古度，平仲、君迁，还有受过皇帝封号的五大夫松，坐过汉将的将军树。但它们的最终结局，终不免“苔埋菌压，鸟剥虫穿”，枯萎于霜露与风烟之中。唯有以树命名的庙、社、关、冶、塞、营，却能名存后世。这里隐寓着人的年寿有时而尽，荣华止乎其身，唯有名存青史，才可永垂不朽。

“若乃山河阻绝”至“山精妖孽”为第四段。此段较明显地引入己身的遭遇。其中“山河阻绝，飘零离别；拔本垂泪，伤根沥血。火入空心，膏流断节”的艺术描写，“喻已失国丧家，流离异域，犹木之拔本伤根也”（倪璠《庾子山集注》）。

最后一段，是更明显的自身遭际的感叹。这里有羁旅不归的悲哀，有屈节仕北的惭耻。《淮南子》上所说的“木叶落，长年悲”，引起作者的共鸣，引文意有未尽，作者又自作歌四句：“建章三月火，黄河千里槎。若非金谷满园树，即是河阳一县花。”“建章”是汉宫名，“三月火”指赤眉焚西京宫室事，以此喻承圣三年(554)西魏大军进犯江陵的战火。梁之灭亡，信之被羁留北朝，均与江陵之祸有关。“黄河万里槎”用《博物志》“八月浮槎”的故事。传说黄河与天河相通，浮槎(木筏)可上，此喻路途遥远，不知家山何处。“金谷满园树”用晋石崇在金谷园植树万株的故事，“河阳一县花”用潘岳为河阳令，满县皆栽桃花的故事。四句歌虽句句用典，却句句暗落己身，昔日的繁华已成过眼云烟，剩下的只有漂泊羁旅的孤独与凄凉和无穷无尽的哀伤而已。最后在桓温的几句哀叹中结束了全篇。“树犹如此，人何以堪”，既与赋首的“此树婆娑，生意尽矣”相呼应，又是全篇以树形人的致意之点，读之令人辄唤“奈何”。

杜甫《咏怀古迹》说：“庾信平生最萧瑟，暮年诗赋动江关。”此赋名为咏树，实为咏怀，赋中的许多艺术描写，与他后半生的经历密不可分。赋末由树及人，将写树与喻己有机地结合起来。以树喻人，并不是庾信的创造，赋中引殷仲文语，引《淮南子》和桓温的话，都是以树喻人，或写物色之动对人的感触，如“木叶落，长年悲”之类。但他们的咏叹比较简单，还只是概念和感兴，没有多少形象的艺术描绘。《枯树赋》将简单的叹喟变成丰富具体的形象，他用了很多艺术手段来写树，写各种各样的树，其中有环境的烘托，也有气氛的渲染，写树的遭遇，也写它们拔本伤根的悲哀，语言形象鲜明。作者使用了很多典故，他的典故汇彼多方，屡变屡新，有些用典使人不觉，多数典故，运用得灵活自如，似出己口。

《枯树赋》是一篇骈赋，骈赋发展到庾信更臻于成熟。通篇骈四俪六，抽黄对白，词藻络绎奔会，语言清新流丽，声律婉谐，虽多次换韵，读之仍然音韵铿锵，朗朗上口。

前人论咏物诗赋，大多主张要有寄托，咏物而不粘于物：既得物态之真，又有比兴之意，要求对物的描写不即不离，不粘不滞。《枯树赋》处处符合这些写作要求，它对后代，特别是对唐代的咏物诗赋，均有一定影响。如张九龄的《归燕》诗，就是将燕子作为自我形象的写照的。杜甫著名的《古柏行》，也是以树喻人，寄慨遥深，其艺术手法与《枯树赋》一脉相承。

（刘文忠）

哀江南赋并序

原文

粤以戊辰之年，建亥之月，大盗移国，金陵瓦解[①]。余乃窜身荒谷，公私涂炭。华阳奔命，有去无归[②]。中兴道销，穷于甲戌[③]。三日哭于都亭，三年囚于别馆。天道周星，物极不反[④]。傅燮之但悲身世，无处求生；袁安之每念王室，自然流涕[⑤]。昔桓君山之志事，杜元凯之平生，并有著书，咸能自序[⑥]。潘岳之文采，始述家风；陆机之词赋，先陈世德[⑦]。信年始二毛，即逢丧乱，藐是流离，至于暮齿[⑧]。《燕歌》远别，悲不自胜；楚老相逢，泣将何及[⑨]！畏南山之雨，忽践秦庭；让东海之滨，遂餐周粟[⑩]。下亭漂泊，高桥羁旅。楚歌非取乐之方，鲁酒无忘忧之用[⑪]。追为此赋，聊以记言。不无危苦之词，惟以悲哀为主[⑫]。

日暮途远，人间何世！将军一去，大树飘零；壮士不还，寒风萧瑟[⑬]。荆璧睨柱，受连城而见欺；载书横阶，捧珠盘而不定[⑭]。钟仪君子，入就南冠之囚；季孙行人，留守西河之馆[⑮]。申包胥之顿地，碎之以首；蔡威公之泪尽，加之以血[⑯]。钓台移柳，非玉关之可望；华亭鹤唳，非河桥之可闻[⑰]！

孙策以天下为三分，众才一旅；项籍用江东之子弟，人唯八千。遂乃分裂山河，宰割天下[⑱]。岂有百万义师，一朝卷甲，芟夷斩伐，如草木焉[19]？江淮无涯岸之阻，亭壁无藩篱之固[20]。头会箕敛者，合从缔交；锄耰棘矜者，因利乘便[21]。将非江表王气，终于三百年乎[22]？是知并吞六合，不免轵道之灾；混一车书，无救平阳之祸[23]。呜呼！山岳崩颓，既履危亡之运；春秋迭代，必有去故之悲。天意人事，可以凄怆伤心者矣[24]！况复舟楫路穷，星汉非乘槎可上；风飙道阻，蓬莱无可到之期[25]。穷者欲达其言，劳者须歌其事[26]。陆士衡闻而抚掌，是所甘心；张平子见而陋之，固其宜矣[27]。

我之掌庾承周，以世功而为族；经邦佐汉，用论道而当官[28]。禀嵩、华之玉石，润河、洛之波澜。居负洛而重世，邑临河而宴安[29]。逮永嘉之艰虞，始中原之乏主。民枕倚于墙壁，路交横于豺虎。值五马之南奔，逢三星之东聚[30]。彼凌江而建国，始播迁于吾祖。分南阳而赐田，裂东岳而胙土。诛茅宋玉之宅，穿径临江之府[31]。

水木交运，山川崩竭。家有直道，人多全节。训子见于纯深，事君彰于义烈[32]。新野有生祠之庙，河南有胡书之碣。况乃少微真人，天山逸民，阶庭空谷，门巷蒲轮[33]。移谈讲树，就简书筠。降生世德，载诞贞臣。文词高于甲观，楷模盛于漳滨[34]。嗟有道而无凤，叹非时而有麟。既奸回之奰逆，终不悦于仁人[35]。

王子滨洛之岁，兰成射策之年。始含香于建礼，仍矫翼于崇贤[36]。游洊雷之讲肆，齿明离之胄筵。既倾蠡而酌海，遂测管而窥天[37]。方塘水白，钓渚池圆。侍戎韬于武帐，听雅曲于文弦。乃解悬而通籍，遂崇文而会武[38]。居笠毂而掌兵，出兰池而典午。论兵于江汉之君，拭玉于西河之主[39]。

于时朝野欢娱，池台钟鼓。里为冠盖，门成邹鲁。连茂苑于海陵，跨横塘于江浦[40]。东门则鞭石成桥，南极则铸铜为柱。橘则园植万株，竹则家封千户[41]。西赆浮玉，南琛没羽。吴歈越吟，荆艳楚舞。草木之遇阳春，鱼龙之逢风雨[42]。五十年中，江表无事。班超为定远之侯，王歙为和亲之使。马武无预于甲兵，冯唐不论于将帅[43]。岂知山岳暗然，江湖潜沸。渔阳有闾左戍卒，离石有将兵都尉[44]。

天子方删诗书，定礼乐，设重云之讲，开士林之学。谈劫烬之灰飞，辩常星之夜落[45]。地平鱼齿，城危兽角。卧刁斗于荥阳，绊龙媒于平乐。宰衡以干戈为儿戏，缙绅以清谈为庙略[46]。乘渍水以胶船，驭奔驹以朽索。小人则将及水火，君子则方成猿鹤。敝箄不能救盐池之咸，阿胶不能止黄河之浊[47]。既而鲂鱼赪尾，四郊多垒。殿狎江鸥，宫鸣野雉[48]。湛卢去国，艅艎失水。见被发于伊川，知百年而为戎矣[49]。

彼奸逆之炽盛，久游魂而放命。大则有鲸有鲵，小则为枭为獍[50]。负其牛羊之力，肆其水草之性。非玉烛之能调，岂璿玑之可正[51]。值天下之无为，尚有欲于羁縻。饮其琉璃之酒，赏其虎豹之皮。见胡柯于大夏，识鸟卵于条枝[52]。豺牙密厉，虺毒潜吹。轻九鼎而欲问，闻三川而遂窥[53]。

始则王子召戎，奸臣介胄。既官政而离逷，遂师言而泄漏[54]。望廷尉之逋囚，反淮南之穷寇。出狄泉之苍鸟，起横江之困兽。地则石鼓鸣山，天则金精动宿。北阙龙吟，东陵麟斗[55]。尔乃桀黠构扇，冯陵畿甸。拥狼望于黄图，填卢山于赤县。青袍如草，白马如练[56]。天子履端废朝，单于长围高宴。两观当戟，千门受箭。白虹贯日，苍鹰击殿。竟遭夏台之祸，终视尧城之变[57]。官守无奔问之人，干戚非平戎之战。陶侃空争米船，顾荣虚摇羽扇[58]。

将军死绥，路绝长围。烽随星落，书逐鸢飞[59]。乃韩分赵裂，鼓卧旗折。失群班马，迷轮乱辙。猛士婴城，谋臣卷舌[60]。昆阳之战象走林，常山之阵蛇奔穴。五郡则兄弟相悲，三州则父子离别[61]。

护军慷慨，忠能死节，三世为将，终于此灭[62]。济阳忠壮，身参末将，兄弟三人，义声俱唱[63]。主辱臣死，名存身丧。狄人归元，三军凄怆[64]。尚书多算，守备是长。云梯可拒，地道能防[65]。有齐将之闭壁，无燕师之卧墙。大事去矣，人之云亡[66]！

申子奋发，勇气咆勃。实总元戎，身先士卒。胄落鱼门，兵填马窟。屡犯通中，频遭刮骨。功业夭枉，身名埋没[67]。或以隼翼鷃披，虎威狐假。沾渍锋镝，脂膏原野。兵弱虏强，城孤气寡。闻鹤唳而心惊，听胡笳而泪下[68]。据神亭而亡戟，临横江而弃马。崩于钜鹿之沙，碎于长平之瓦[69]。

于是桂林颠覆，长洲麋鹿。溃溃沸腾，茫茫墋黩。天地离阻，人神惨酷[70]。晋、郑靡依，鲁、卫不睦。竞动天关，争回地轴。探雀鷇而未饱，待熊蹯而讵熟[71]？乃有车侧郭门，筋悬庙屋[72]。鬼同曹社之谋，人有秦庭之哭[73]。

尔乃假刻玺于关塞，称使者之酬对。逢鄂坂之讥嫌，值彫门之征税[74]。乘白马而不前，策青骡而转碍。吹落叶之扁舟，飘长风于上游[75]。彼锯牙而钩爪，又巡江而习流。排青龙之战舰，斗飞燕之船楼。张辽临于赤壁，王濬下于巴丘[76]。乍风惊而射火，或箭重而沉舟。未辨声于黄盖，已先沉于杜侯[77]。落帆黄鹤之浦，藏船鹦鹉之洲。路已分于湘、汉，星犹看于斗、牛[78]。

若乃阴陵路绝，钓台斜趣。望赤壁而沾衣，舣乌江而不渡[79]。雷池栅浦，鹊陵焚戍。旅舍无烟，巢禽无树。谓荆、衡之杞梓，庶江、汉之可恃[80]。淮海维扬，三千余里。过漂渚而寄食，托芦中而渡水。届于七泽，滨于十死[81]。嗟天保之未定，见殷忧之方始。本不达于危行，又无情于禄仕。谬掌卫于中军，滥尸承于御史[82]。

信生世等于龙门，辞亲同于河洛。奉立身之遗训，受成书之顾托。昔三世而无惭，今七叶而始落[83]。泣风雨于《梁山》，惟枯鱼之衔索。入欹斜之小径，掩蓬藋之荒扉。就汀洲之杜若，待芦苇之单衣[84]。

于时西楚霸王，剑及繁阳。鏖兵金匮，校战玉堂[85]。苍鹰赤雀，铁舳牙樯。沉白马而誓众，负黄龙而渡江。海潮迎舰，江萍送王。戎军屯于石城，戈船掩于淮泗[86]。诸侯则郑伯前驱，盟主则荀罃暮至。剖巢燻穴，奔魑走魅。埋长狄于驹门，斩蚩尤于中冀[87]。然腹为灯，饮头为器。直虹贯垒，长星属地[88]。昔之虎据龙盘，加以黄旗紫气。莫不随狐兔而窟穴，与风尘而殄悴[89]。

西瞻博望，北临玄圃，月榭风台，池平树古。倚弓于玉女窗扉，系马于凤皇楼柱。仁寿之镜徒悬，茂陵之书空聚[90]。若夫立德立言，谟明寅亮，声超于系表，道高于河上。更不遇于浮丘，遂无言于师旷[91]。以爱子而托人，知西陵而谁望。非无北阙之兵，犹有灵台之仗[92]。司徒之表里经纶，狐偃之惟王实勤。横琱戈而对霸主，执金鞭而问贼臣。平吴之功，壮于杜元凯；王室是赖，深于温太真[93]。始则地名全节，终则山称枉人。南阳校书，去之已远；上蔡逐猎，知之何晚[94]！镇北之负誉矜前，风飙凛然。水神遭箭，山灵见鞭。是以蛰熊伤马，浮蛟没鸢。才子并命，俱非百年[95]。

中宗之夷凶静乱，大雪冤耻。去代邸而承基，迁唐郊而纂祀。反旧章于司隶，归余风于正始[96]。沉猜则方逞其欲，藏疾则自矜于己。天下之事没焉，诸侯之心摇矣[97]。既而齐交北绝，秦患西起。况背关而怀楚，冀端委而开吴。驱绿林之散卒，拒骊山之叛徒[98]。营军梁溠，蒐乘巴渝。问诸淫昏之鬼，求诸厌劾之巫。荆门遭廪延之戮，夏口滥逵泉之诛[99]。蔑因亲以致爱，忍和乐于弯弧。既无谋于肉食，非所望于《论都》。未深思于五难，先自擅于三端[100]。登阳城而避险，卧砥柱而求安。既言多于忌刻，实志勇而刑残。但坐观于时变，本无情于急难[101]。地惟黑子，城犹弹丸。其怨则黩，其盟则寒。岂冤禽之能塞海，非愚叟之可移山[102]。况以沴气朝浮，妖精夜殒。赤乌则三朝夹日，苍云则七重围轸。亡吴之岁既穷，入郢之年斯尽[103]。

周含郑怒，楚结秦冤。有南风之不竞，值西邻之责言[104]。俄而梯冲乱舞，冀马云屯。俴秦车于畅毂，沓汉鼓于雷门。下陈仓而连弩，渡临晋而横船[105]。虽复楚有七泽，人称三户。箭不丽于六麋，雷无惊于九虎[106]。辞洞庭兮落木，去涔阳兮极浦。炽火兮焚旗，贞风兮害蛊。乃使玉轴扬灰，龙文折柱[107]。

下江余城，长林故营。徒思拑马之秣，未见烧牛之兵[108]。章曼枝以毂走，宫之奇以族行。河无冰而马渡，关未晓而鸡鸣[109]。忠臣解骨，君子吞声。章华望祭之所，云梦伪游之地。荒谷缢于莫敖，冶父囚于群帅[110]。硎穽折拉，鹰鹯批攢。冤霜夏零，愤泉秋沸。城崩杞妇之哭，竹染湘妃之泪[111]。

水毒秦泾，山高赵陉。十里五里，长亭短亭。饥随蛰燕，暗逐流萤。秦中水黑，关上泥青[112]。于时瓦解冰泮，风飞雹散。浑然千里，淄渑一乱。雪暗如沙，冰横似岸。逢赴洛之陆机，见离家之王粲。莫不闻陇水而掩泣，向关山而长叹[113]。况复君在交河，妾在青波。石望夫而逾远，山望子而逾多[114]。才人之忆代郡，公子之去清河。栩杨亭有离别之赋，临江王有愁思之歌[115]。别有飘飖武威，羁旅金微。班超生而望返，温序死而思归。李陵之双凫永去，苏武之一雁空飞[116]。

若江陵之中否，乃金陵之祸始。虽借人之外力，实萧墙之内起[117]。拨乱之主忽焉，中兴之宗不祀。伯兮叔兮，同见戮于犹子。荆山鹊飞而玉碎，随岸蛇生而珠死。鬼火乱于平林，殇魂游于新市[118]。梁故丰徙，楚实秦亡。不有所废，其何以昌？有妫之后，将育于姜。输我神器，居为让王[119]。天地之大德曰生，圣人之大宝曰位。用无赖之子弟，举江东而全弃[120]。惜天下之一家，遭东南之反气。以鹑首而赐秦，天何为而此醉[121]！

且夫天道回旋，生民赖焉。余烈祖于西晋，始流播于东川。洎余身而七叶，又遭时而北迁[122]。提挈老幼，关河累年。死生契阔，不可问天。况复零落将尽，灵光岿然[123]。日穷于纪，岁将复始。逼切危虑，端忧暮齿。践长乐之神皋，望宣平之贵里[124]。渭水贯于天门，骊山回于地市。幕府大将军之爱客，丞相平津侯之待士[125]。见钟鼎于金、张，闻弦歌于许、史。岂知灞陵夜猎，犹是故时将军；咸阳布衣，非独思归王子[126]！

注

① 粤(yuè)：发语词。戊辰：梁武帝太清二年(548)，岁在戊辰。建亥之月：阴历十月。大盗：窃国篡位者，此指侯景。移国：篡国。金陵：即建康，今南京市，梁国都。太清二年八月，侯景反梁。十月攻进金陵。翌年，台城(梁宫城)陷落，梁武帝死，简文帝即位。大宝二年(551)，侯景杀简文帝，自立为帝，国号汉。

② 窜：逃匿。荒谷：《左传》桓公十三年："莫敖缢于荒谷。"杜预注："荒谷，楚地。"此指江陵(今属湖北，古楚地)。《北史·庾信传》："侯景作乱，梁简文帝命信率宫中文武千余人营于朱雀航(桥名，在今南京秦淮河上)。及景至，信以众先退。台城陷后，信奔于江陵。"公私：公室和私家，即官府和百姓。涂炭：陷于泥涂炭火。《尚书》："有夏昏德，民坠涂炭。"华阳：华阳山，也称阳华山，在今陕西洛南县东北。这里活用典故，泛指建都长安的西魏、北周。奔命：奉命奔走。梁元帝承圣三年(554)四月，庾信奉命由江陵出使西魏，十一月，江陵被西魏攻陷，庾信从此羁留魏、周。

③ 中兴：指梁元帝于承圣元年(552)十一月即位江陵，讨平侯景，梁得以复存。但承圣三年西魏陷江陵，元帝被杀，梁朝实际上已灭亡了。道销：中兴之道消亡。甲戌：承圣三年，岁在甲戌。《南史·元帝纪》："承圣三年，魏使于谨来攻。……十一月，魏军至栅下，帝见执。魏人戕帝。"

④ 都亭：都城亭阁。《晋书·罗宪传》："魏之伐蜀，宪守永安城。及成都败，知刘禅降，乃率所部临(哭)于都亭三日。"庾信用此事表达对梁亡的哀痛。别馆：使馆之外的客舍，居别馆意味着已取消使臣待遇。《左传》昭公二十三年："叔孙婼(鲁国人)如晋，晋人执之，……乃馆(隔离、软禁)诸于箕(晋国别都，在今山西蒲县东北)。"庾信引叔孙婼自比，意在说明梁亡后自己在西魏曾被扣留。一说"三年"乃实数，承圣三年(554)九月西魏出师江陵，此前庾信乃是使者身份，

此后直至太平二年(557)十二月梁敬帝逊位于陈,计三年又三个月,此即“囚于别馆”的时间。据此,《哀江南赋》作于出使西魏的第三年,亦即557年。周星:即岁星,也称太岁,木星,因其十二年绕天一周,故名。物极不反:指梁朝就此一蹶不振,再难恢复。

⑤ 傅燮:字南容,灵州(今宁夏灵武)人。因得罪宦官,不容于朝,出为汉阳太守,王国、韩遂等围攻汉阳,城中兵少粮乏,其子劝燮弃城归乡,燮慨叹:“世乱不能养浩然之志,食禄又欲避其难乎!吾行何之,必死于此!”终至战死。见《后汉书·傅燮传》。这里用傅燮事感慨自己身逢乱世,被羁异域,不能自保。袁安:字邵公,汝阳(今河南商水县西北)人。官至司徒。因为和帝幼弱,窦太后擅权,每朝会进见及与公卿言国家事,未尝不呜咽流涕。见《后汉书·袁安传》。这里用袁安事表明自己念及梁朝兴亡,时常痛苦不堪。

⑥ 桓君山:东汉哲学家桓谭,字君山,著《新论》二十九篇。《后汉书》卷二十八有传。志事:有志于事业。杜元凯:西晋史学家杜预,字元凯,著有《春秋左氏经传集解》三十卷。《晋书》卷三十四有传。桓、杜二人,都曾为其著作写过序文,自叙生平志趣。

⑦ 潘岳:字安仁,西晋文学家。有《家风诗》自述家族风尚。《晋书》卷五十五有传。陆机:字士衡,西晋文学家。有《祖德赋》《述先赋》,又《文赋》:“咏世德之骏烈。”《晋书》卷五十四有传。作者之意要模仿先贤,写此类的赋及序。

⑧ 二毛:头发斑白,有黑白二色。按,侯景之乱时,作者三十六岁,使魏时四十二岁。丧乱:指侯景之乱和江陵沦陷被留西魏。藐:远。暮齿:暮年。

⑨ 《燕歌》:《燕歌行》。《北史·王褒传》:“褒曾作《燕歌》,妙尽塞北寒苦之状,元帝及诸文士并和之,而竞为凄切之辞。”今庾信集中亦有此作。楚老:代指故国父老。据《汉书·龚胜传》,楚人龚胜于王莽时不愿“一身事二姓”,“遂不复开口饮食,积十四日死”。庾信世居楚地,故引此事深惭自己身事二姓。

⑩ 南山之雨:用《列女传》陶答子妻事:“妾闻南山有玄豹,雾雨七日而不下食者,何也?欲以泽其毛而成文章也,故藏而远害。”践秦庭:《左传》定公四年:“申包胥如秦乞师,……立依于庭墙而哭,日夜不绝声,……七日,……秦师乃出。”此喻己出使西魏求和救急。让东海之滨:据《史记·齐太公世家》,田和把齐康公迁居海滨,自立为

齐王。此暗指魏、周换代。让：禅让，此是“篡夺”的饰说。作者在北周做官，故不敢直言。餐周粟：《史记·伯夷列传》，武王灭商，伯夷、叔齐不食周粟，饿死于首阳山。此说自己在北周做官，有惭愧的意思。

⑪ 下亭：据《后汉书·范式传》，孔嵩应召入京，道宿下亭，马匹被盗。高桥：一作“皋桥”，在今江苏苏州阊门内。相传东汉皋伯通居此，梁鸿曾在他家为佣。见《后汉书·梁鸿传》。此指其旅途劳顿。楚歌：据《史记·项羽本纪》，项羽被围垓下，夜闻汉军四面楚歌。鲁酒：泛指薄酒。据许慎《淮南子注》，楚国大会诸侯，鲁、赵两国都准备向楚王献酒，鲁酒薄而赵酒厚。酒吏向赵索酒不如意，就故意对换，使楚王认为赵酒薄，派兵围攻邯郸。这里是说，即便有楚歌、鲁酒，也难以取乐忘忧。

⑫ 追为：事后追述补作。聊：姑且。记言：《汉书·艺文志》：“古之王者，世有史官，左史记言，右史记事。”庾信此赋，以自己身世为线索，记述了梁朝兴亡的历史，但又不完全是记事，故曰“记言”，清倪璠称此赋“记梁朝之兴亡之乱及己世之飘摇播迁。古有‘诗史’，此可谓‘赋史’矣”。危苦、悲哀：嵇康《琴赋序》：“称其才干，则以危苦为上；赋其声音，则以悲哀为主。”言己赋也多危苦之辞、悲哀之意。

⑬ 日暮途远：《史记·伍子胥列传》：“吾日暮途远，吾故倒行而逆施之。”索隐：“譬如人行，前途尚远，而日势已暮。”这里是说年岁已老而前路茫茫。人间何世：《庄子》有《人间世》篇，王先谦《集解》：“人间世，谓当世也。”这里是感慨年老世变。将军：据《后汉书·冯异传》，行军休息时，诸将并坐论功，唯独冯异躲到大树下不参与争论，军中号称“大树将军”。这里只取大树将军称号，不用冯异故事。按，梁元帝即位，庾信转右卫将军，出使不久，江陵陷落，所以称“飘零”。壮士：指荆轲。《战国策·燕策》记太子丹送荆轲易水上，“高渐离击筑，荆轲和而歌，……曰：‘风萧萧兮易水寒，壮士一去兮不复还！’”这是说自己出使西魏，一去不归。

⑭ 荆璧：即和氏璧。睨(nì)：斜视。连城：相连之城。据《史记·廉颇蔺相如列传》，秦王欲以十五城换赵王和氏璧，蔺相如奉璧入秦。秦王无意偿赵城，蔺相如持璧睨柱，说要头与璧俱碎。这里说自己出使西魏被欺，留在长安。载书：盟书。珠盘：诸侯盟誓所用器皿。据《史记·平原君列传》，赵平原君与楚王会盟，从早晨谈到中午还

不能议决，平原君门客毛遂按剑历阶而上，说服楚王，并捧铜盘要楚王歃(shà)血为盟。此言己出使西魏，未能缔约，梁朝反遭攻打。

⑮ 钟仪：据《左传》成公九年，钟仪是楚人，被郑人俘获后送到晋国，晋侯让钟仪弹琴，钟仪奏楚国乐曲，范文子称赞说："楚囚，君子也。"南冠：戴南方楚国式样的帽子。此以钟仪自比，谓己本楚人而羁留魏、周，形同南冠之囚。季孙：春秋时鲁国大夫。行人：掌朝觐聘问之官。西河：今陕西省东部。据《左传》昭公十三年，晋侯与诸侯会盟，邾、莒等国声讨鲁昭公，晋侯便不许鲁昭公参加盟会，还扣留了陪同鲁昭公前来的季孙意如带回晋国。后释放季孙时，季孙提出要按礼节办事，晋人威胁他说要不走就把他拘囚在西河。这里自比季孙而稍变其意，言己被留难归。

⑯ 申包胥：春秋时楚国大夫。顿地：叩头至地。事见《左传》定公四年：吴伐楚，申包胥至秦求兵，秦哀公不肯，申包胥站在庭墙边哭了七天七夜，直到秦同意发兵，才"九顿首而坐"。这是说自己曾为救梁竭尽心力。蔡威公：据刘向《说苑》：蔡威公闭门而泣，三日三夜，泣尽而继之以血，曰："吾国且亡。"此言己对梁亡深感悲痛。

⑰ 钓台：在武昌。此代指南方故土。移柳：据《晋书·陶侃传》，陶侃镇武昌时，曾令诸营种植柳树。玉关：玉门关，在今甘肃敦煌西北。此代指北地。这是说滞留北地的人再也见不到南方故土的柳树了。华亭：在今上海松江，晋陆机兄弟于吴亡后，去洛阳前，曾共游于此十余年。河桥：在今河南孟州市，陆机在此兵败被诛。《世说新语·尤悔》："陆平原河桥败，为卢志所谗，被诛。临刑叹曰：'欲闻华亭鹤唳，可复得乎！'"这里是说再也听不到家乡的鸟鸣。

⑱ 孙策：字伯符，东汉末吴郡富春(今浙江富春)人。先以数百人依附袁术，收其父旧部，后平定江东。为三国时孙吴政权的奠基者之一。三分：指魏、蜀、吴三分天下。一旅：五百人。《三国志·吴书·陆逊传》："逊上疏曰，昔桓王(孙策谥号长沙桓王)创基，兵不一旅，而开大业。"项籍：字羽，下相(今江苏宿迁西南)人。江东：长江南岸南京一带地区。《史记·项羽本纪》记项羽兵败乌江，谓亭长曰："籍与江东子弟八千人渡江而西，今无一人还。"宰割：割据。

⑲ 百万义师：指平定侯景之乱的梁朝大军。卷甲：卷敛衣甲而逃。芟(shān)夷：删削除灭。据《南史·侯景传》，侯景反，梁将王质率兵三千无故自退，谢禧弃白下城走，援兵至北岸，号称百万，后皆败走。

又景曾戒诸将曰:“破城邑净杀却,使天下知吾威名。”

⑳ 江淮:指长江、淮河。涯岸:水边河岸。亭壁:指军中壁垒。藩篱:竹木所编屏障。

㉑ 头会箕敛:秦时官吏挨户收取人头税,按数出谷,用箕聚敛。合从:战国时六国联合抗秦称合从。这里是指梁宗室诸王中与元帝萧绎对抗的人,不仅相互勾结,有的还勾结西魏。锄耰(nòu):简陋的农具。棘矜:低劣的兵器。棘同“戟”,矜,指戟柄。因利乘便:此指割据势力乘梁朝衰乱,取而代之。

㉒ 江表:江外,长江以南。王气:古以为天子所在地有祥云王气笼罩。三百年:指从孙权称帝江南,历东晋、宋、齐、梁四代,前后约三百年的时间。

㉓ 六合:天地四方,指天下。轵(zhǐ)道之灾:《史记·高祖本纪》记高祖入关,“秦王子婴素车白马,……降轵道(在今陕西西安市东北)旁。”这里用秦王子婴事比梁元帝江陵之败。混一车书:指统一天下。平阳之祸:据《晋书·怀帝本纪》,永嘉五年(311)刘聪攻陷洛阳,迁怀帝于平阳(今山西临汾西南)。七年,怀帝被害。又《晋书·愍帝本纪》记建兴四年(316)刘曜陷长安,迁愍帝于平阳。五年,愍帝遇害。这里用晋怀帝、愍帝事比梁武帝、简文帝先后死于金陵。

㉔ 山岳崩颓:喻国家覆亡。春秋迭代:四时更替,喻改朝换代。去故:离别故国。凄怆:悲伤。

㉕ 楫:船桨。星汉:银河。槎(chá):木筏。张华《博物志》:“旧说云,天河与海通。近世有人居海渚者,年年八月有浮槎去来不失期。”这里是说梁朝灭亡的事已到了无可挽回的地步。飙:暴风。蓬莱:传说中与方丈、瀛洲并称三神山。据《汉书·郊祀志》,神山远望如在云裳,近看却反居水下,乘船将到达时,辄有风把船引开,怎么也到不了。这里是说回归故国也是可望而不可即。

㉖ 穷者:指仕途困踬的人。达:表达。《晋书·王隐传》:“隐曰:盖古人遭时则以功达其道,不遇则以言达其才。”劳者:忧伤的人。何休《公羊传解诂》:“饥者歌其食,劳者歌其事。”这里是说自己作赋是有感而发。

㉗ 陆士衡:陆机字士衡。抚掌:拍手。据《晋书·左思传》:左思作《三都赋》,“初陆机入洛,欲为此赋。闻思作之,抚掌而笑,与弟云书曰:‘此间有伧父作《三都赋》。须其成,当以覆酒甕耳。’及思赋出,

机绝叹伏，以为不能加也，遂辍笔焉。”这是说已作此赋即受人嘲笑，也心甘情愿。张平子：张衡字平子。陋：轻视。据《艺文类聚》卷六十一，班固作《两都赋》，张衡认为失之鄙陋，另作《二京赋》。这是说己赋为人轻视，也是理所当然。

㉘ 这是说庾氏祖先受命于周，为掌庾（谷仓）大夫，因为世代有功而形成以官职为姓的宗族，在汉代时居官辅佐朝政。经邦：《周礼》有“坐论”“作行”“食货”为经邦大政，《史记·平准书》：“汉兴七十余年，都鄙廪庾皆满，居官者以为姓号。”如淳注：“仓氏、庾氏是也。”论道：坐而论道，指陪侍帝王议论政事。

㉙ 指庾氏世居河南颍川鄢陵、南阳新野等钟灵毓秀之地。嵩华：嵩山、华山。河洛：黄河、洛水。负洛：颍川在洛阳东南五百里，洛阳在北，故云“负洛”。重世：再世。庾氏本鄢陵人，再世之后，分徙新野。临河：指庾氏在新野居临淯水。郦道元《水经注》：“淯水又南入新野县。”晏安：安逸。

㉚ 这是说晋怀帝改元永嘉之后，刘聪、石勒相继为乱，怀帝、愍帝先后遇害，中原地区寇盗横行，民不聊生。后来晋室南渡，元帝中兴。逮：及，等到。永嘉：晋怀帝年号（307—313）。五马：指晋琅邪王司马睿等五王。晋惠帝太安年间有童谣曰：“五马浮渡江，一马化为龙。”中原大乱，晋室琅邪王、汝南王、西阳王、南顿王、彭城王同至江东，而司马睿即位，为晋元帝。见《晋书·元帝纪》。三星：指荧惑（火星）、岁星（木星）、太白（金星）。据《晋书·天文志》，永嘉六年（312）七月，三星聚于牛宿和女宿之间，星相家占卜后认为此乃晋室东迁之兆。

㉛ 这是说八世祖庾滔随晋室南渡，被封为遂昌侯，并赐与土地，于是庾滔在江陵（今属湖北）建造宅第。凌江：渡江。南阳：春秋时晋国开辟了南阳的疆土，这里借指晋朝。东岳：泰山，春秋时周天子有事于泰山，诸侯随从前往，在泰山下都有天子赐给的封邑，这里借指东晋。胙（zuò）土：封赏土地给功臣。诛茅：锄去茅草。宋玉之宅：庾滔的宅基是战国时楚国辞赋家宋玉的故居。穿径：开辟道路。临江之府：共敖被项羽封为临江王，都江陵。见《汉书·项籍传》。

㉜ 南朝宋、齐兴替，庾氏族人在此变故中多能奉行正直之道，保全名节，以忠孝传家。水木：古代阴阳家认为每一个王朝都与五德之一相对应。南朝宋以水德为王，齐以木德为王。山川崩竭：指南朝宋

亡。宋明帝泰始末年,四川有山崩,淮水干涸,人们议论说:"山川作变,不亡何待!"见《南史·明僧绍传》。训子:指庾易、庾黔娄。易是庾信祖父,在齐为征士,事见《南齐书·高逸传》。黔娄是庾信伯父,在梁为有名孝子,事见《梁书·孝行传》。事君:指庾玫、庾道骥。玫是庾信高祖,仕宋为巴郡太守。道骥是庾信曾祖,仕齐为安西参军,事见《南史·庾易传》。

㉝ 指庾氏世有生祠碑碣,祖父庾易以处士被征召。生祠之庙:为活着的人所立的祠庙。《元和姓纂》:"(庾)滔长子会,为新野太守,百姓为立祠。"庾会大抵为东晋末年人。碣:石碑。《元和姓纂》:"(滔)支孙庾告云,为青州(今山东淄博)刺史,羌胡为之立碑。"青州于永嘉末陷于石勒,后南燕慕容德建都于此,刘宋时入北魏,在唐属河南道,则河南当泛指黄河以南。少微:少微星,其中一星为处士星,借指处士。真人:有才德的人。天山:指遁世。《易·遁卦》:"天(乾卦)下有山(艮卦),遁。"逸民:隐士。空谷:深谷。蒲轮:古代征聘贤士时,以蒲草包裹车轮,使不受颠簸,以示礼敬。《南史·刘虬传》,齐永明三年(485),曾以蒲轮征庾易等五人。

㉞ 这是说有时与帝王畅谈政事,有时闭门著述,父亲庾肩吾就是这样一个生于有德望的家庭,事君忠贞不贰的人,他的才华、品德超越群伦。移谈讲树:据《三国志·方伎传》裴注引《管辂别传》,三国时管辂初见裴使君,清谈终日,因酷暑,将床移至庭前树下,竟夕而谈。这里以庾肩吾在东宫事比管辂。就简书筠:用竹皮代纸书写,形容勤于著述。贞臣:侯景之乱时,庾肩吾不受贼职,潜奔江陵,故以贞臣称之。见《南史》本传。甲观:太子宫,庾肩吾曾为东宫通事舍人,迁太子中庶子。漳滨:漳水之滨,指江陵。漳水与沮水汇合后经江陵入长江。

㉟ 简文帝虽为有道之君,却因身处乱世而不见祥瑞之凤,庾肩吾生不逢时,在侯景之乱中遭遇不幸。非时:生不逢时。麟:麒麟,祥兽,是贤人的象征。奸回:邪恶,指侯景之流。奰(bì)逆:指处心积虑地谋反。仁人:即庾肩吾。

㊱ 作者年十五应试获选,曾为尚书度支郎,又为东宫领直。王子,指周灵王太子晋,即王子乔。滨洛之岁:十五岁。《逸周书·太子晋》称太子晋十五岁时即聪慧善辩。刘向《列仙传》称太子晋曾游河洛之间,被浮丘公接上嵩高山为仙。兰成:庾信的小名。射策:汉代取

士有对策、射策之制，以射策甲科为郎。这里借指应试获甲科。含香：指尚书郎。汉桓帝时，侍中刁存年老口臭，让他含鸡舌香奏事。从此尚书郎含香成为规定。见应劭《汉官仪》。建礼：汉宫门名，即建礼门，是尚书郎值勤之处。《汉官仪》："尚书主作文书起草，夜更直五日于建礼门内。"矫翼：高飞。崇贤：太子宫门。

㊲ 作者在东宫为学士，自谦才智疏浅。洊(jiàn)雷：《易》："洊雷，震。"《系辞》释为"主器者莫若长子，固受之以震。"以震卦象征长子，此处喻太子。齿：序齿，按长幼为次序，意思是太子不以尊卑，而以长幼为次序看待他。明离：指帝王。《易·离卦》："明两作，离。大人以继明照于四方。"胄筵：太子的讲筵。蠡：舀水的瓢。

㊳ 作者在东宫颇受礼遇，任兼文武。方塘、钓渚：指宫中池馆。文弦：即琴弦，张揖《广雅》："琴五弦，文王增二弦。"解悬通籍：名字记录于宫廷门籍，悬挂于宫门，出入宫廷时核查。按庾信任东宫学士时，又为东宫领直，节制春宫兵马。见宇文逌《庾信集序》。

㊴ 作者身任掌兵之职，曾与湘东王论水战之事，也曾出使东魏。笠毂(gǔ)：古兵车无盖，有专人依毂执笠，为主将遮盖掩护。兰池：汉宫观名，借指王宫。典午："司马"的隐语。"典"为"司"，掌管之义。"马"与十二地支的"午"对应。司马为掌兵之官，故典午即掌兵之官。江汉之君：江州刺史、湘东王萧绎，即后来的梁元帝。大同八年(542)，刘敬躬反，梁武帝派庾信与萧绎商量如何同敌人进行水战，终于讨平刘敬躬，庾信备受赞赏。拭玉：擦拭圭玉，是使节往来中的一种礼仪，这里指出使。西河之主：西河在战国初年属于魏国，这里借指东魏。大同十一年(545)，庾信以通直散骑常侍出使东魏，文章辞令，盛为邺下所称。

㊵ 这是说梁曾经一度歌舞升平，物质富足，文化兴盛，在天监年间还造建兴苑，缘江作塘。冠盖：《水经注》："宜城县(今属湖北)有太山，山下有庙。汉末多士，其中刺史、二千石、卿长数十人，朱轩华盖，同会于庙下。荆州刺史行部见之，雅叹其胜，号曰'冠盖里'。"这里形容里巷多仕宦之家。邹鲁：鲁为孔子故乡，邹为孟子故乡。邹鲁代指文化繁荣之地。此处喻梁的文教礼乐之盛。茂苑：天监四年(505)在秣陵(在今江苏江宁)建兴里造建兴苑。海陵：今江苏泰州。横塘：古堤塘名。在今江苏江宁西南，因沿岸筑堤围成塘，因此称横塘。

㊶ 梁朝地域广大，东至于海，南至交趾，物产丰富，家家富足。东门：《史记·秦始皇本纪》："立石东海上朐界中，以为秦东门。"鞭石成桥：《述异记》："秦始皇作石横桥于海上，欲过海观日出处，有神人驱石，去不速，神人鞭之，皆流血。今石桥其色犹赤。"这里指梁东至于海。铸铜为柱：指东汉马援南征交趾，立铜柱，以为汉之南界。家封千户：《史记·货殖列传》："蜀、汉、江陵千树橘……渭川千亩竹……此其人皆与千户侯等。"

㊷ 外国朝贡不绝，四方歌舞升平，百姓安居乐业。赆(jìn)：赠送。琛：珠宝，在此作动词，献宝。歈(yú)：歌。艳：乐曲的引子。

㊸ 梁朝这时没有战争，与北方政权和睦相处，承平之际，不事甲兵。五十年：梁自天监元年(502)至太清二年(548)共四十七年，这里举成数。班超：东汉名将，永平十六年(73)出使西域，历访五十余城国，和帝永元七年(95)封定远侯。王歙(xī)：王昭君的侄子，封和亲侯，数次出使匈奴。事见《汉书·匈奴传》。马武：东汉将领，曾上书光武帝欲进军匈奴，光武不许，自此诸将不言兵事。冯唐：西汉人，汉文帝论将帅功过，常顾问之。

㊹ 梁朝祸机潜伏，侯景之乱亦在酝酿之中。暗然：昏暗的样子。渔阳：在今北京密云西南。据《史记·陈涉世家》，秦二世元年(前209)七月，发闾左(里门左厢，按秦时富强居右，贫弱居左)贫民九百人戍守渔阳，逾期便斩，当时陈胜为戍长，遂起兵。离石：今属山西。据《晋书·刘元海载记》，晋惠帝末年，匈奴北部都尉刘渊，在离石起兵叛晋。

㊺ 梁武帝过于喜文崇佛。据《梁书·武帝纪》，武帝精通诗书礼乐，著《毛诗答问》《尚书大义》等，为《五礼》断疑，自定礼乐，并时常于重云殿讲说，又于台城西开士林馆，延揽学士，研讨学问。劫烬：据《搜神记》卷十三"劫灰"，汉武帝凿昆明池，深处无土，满是灰烬，满朝不解，到了东汉明帝时，西域僧人到洛阳，依据佛经解释说，那是天地经历了大劫而残存的灰烬。常星：恒星，汉时避文帝刘恒讳而称常星。据说鲁庄公七年(前687)四月八日，夜明，恒星不见，时佛从其母右胁生。见《文选》李善注引《瑞应经》。

㊻ 梁朝防务松懈，兵马无所戒备，大小官员清谈误国。地平：不设防。鱼齿：山名，在今河南宝丰县东南。兽角：《吕氏春秋》："猛兽之角，能以为城。"借指城池。刁斗：古时军营用具，白天用作炊具，晚

上用来巡夜打更。荥阳：城名，在今河南。龙媒：骏马名。平乐：汉明帝时长安的馆阁名。宰衡：宰相，指当时深受梁武帝信用的重臣朱异，主张纳侯景之降，东魏来进攻时，又主张议和，激成侯景之乱。缙绅：古代做官的人插（搢）笏于带（绅），故称士大夫为缙绅（搢绅）。清谈：清雅而不切实际的议论。庙略：朝廷的军国政策。

㊼ 国家形势岌岌可危，叛军将至，上至士大夫，下至百姓，都将遭到残害，梁朝大难临头，已无可挽救。胶船：用胶黏合的船。周昭王失德，南征渡汉水时，船人用胶船载王，船至中流胶解船散，周昭王没于水。见《帝王世纪》。朽索：腐烂了的绳索。用腐烂的绳索驾驭奔腾的马，结果必然是索断马惊，失去控制。小人：指平民百姓。猿鹤：《抱朴子》："周穆王南征，一军尽化，君子为猿鹤，小人为沙虫。"敝箄（bì）：破旧的箅。箄，同"箅"。箅，放在甑底起间隔作用的竹屉。熬盐时，盐多附着于其上。阿胶：产于山东东阿的驴皮胶，据说煮胶的水越煮越清。语本《淮南子》："阿胶一寸，不能止黄河之浊。"

㊽ 朝廷危急，战祸将临，已有不祥之兆。鲂（fáng）鱼赪（chēng）尾：鲂鱼即鳊鱼。赪，浅红色。见《诗经·周南·汝坟》："鲂鱼赪尾，王室如毁。"四郊多垒：指战事吃紧。江鸥、野雉：古人有"野鸟入处，宫室将空"的说法。

㊾ 梁朝大势已去，侯景将来，祸乱由此而生。湛卢：宝剑名，此剑本吴国所有，后为楚昭王所得，风胡子说："今吴王无道，故湛卢去国。"见《越绝书·外传》。艅艎：同"余皇"，船名。《左传》昭公十七年："楚人大败吴师，获其乘舟余皇。"被发：野蛮部族的标志。据《左传》僖公二十二年，周平王东迁时，辛有到伊川，看见一些人披头散发祭于野，认为这很失礼，说："过不了一百年，这儿将会变成野蛮戎人居住的地方"。后来，秦、晋果然将陆浑之戎迁至伊川。

㊿ 侯景反复无常，不断叛变其主。他本性凶残，大则像鲸鲵一样蚕食诸国，小则如枭獍一样连同类都会残害。奸逆：指侯景。其本为北魏军吏，后投东魏，又降西魏，再降梁，复叛梁，反复无常。放命：放弃教命，恣性妄为。鲸、鲵：喻其有吞食弱小之性。枭：食母之恶鸟。獍（jìng）：食母之恶兽。

51 侯景为夷狄出身，本性难改。牛羊之力、水草之性：指北方游牧民族饲养牛、马、羊，逐水草而居。肆：放纵。玉烛：一年四季气候调和，如玉润烛明。璿(xuán)玑：也作“璇玑”，古代观察天文的仪器。《尚书》：“璇、玑、玉衡，以齐七政。”

52 侯景降梁时，梁武帝毫无警戒，还有意笼络他，封赏甚厚，并接受侯景贡献的异方物产。羁：络马的笼头。縻(mí)：系牛缰绳。琉璃之酒：结盟时用羹匙搅拌过的血酒。琉璃，又作“留犁”，羹匙。胡柯：邛竹杖。出自古西域鄯善国。鸟卵：即鸵鸟蛋。大夏、条枝，均为西域古国。

53 侯景暗中图谋反叛，欲取梁而代之。厉：同“砺”，磨。虺(huǐ)：毒蛇。潜吹：暗中放毒。九鼎：周有九鼎，乃三代以来天子权力的象征。据《左传》宣公三年，楚王攻打陆浑之戎，到达洛水，在周境内陈兵示威，问起九鼎的大小、轻重，有夺取周室政权之意。三川：黄河、伊水、洛水。《战国策·秦策》：秦武王对甘茂说：“寡人欲车通三川，以窥周室。”

54 这是写萧正德事。萧正德为梁武帝的养子，因为未立为太子，心怀愤恨。侯景降梁，知其心怀怨望，便假意应承愿奉其为主。萧正德便与侯景勾结，引狼入室。朝廷不知萧正德奸心，反而任命他为平北将军去拒阻叛军。侯景先立萧正德为天子，攻入台城后，又将其降为大司马。萧正德觉得自己被骗，于是密书一封给鄱阳王萧契，让他带兵前来，侯景截得此信，杀了萧正德。戎：指侯景。介胄：甲胄，指武装。官政：官正，官吏之长。指为天子事。离逷(tì)：远离。师言：指密约萧契发兵事。

55 侯景蓄谋反梁，在反叛前，有种种不祥之兆出现。廷尉：掌刑狱之官。逋囚：逃犯。此指侯景，侯景得罪东魏所以才奔梁。穷寇：指侯景降梁后，与东魏作战，兵败涡阳，故称为穷寇。狄泉：在今河南洛阳东北。据《晋书·五行志》，永嘉元年(307)，在周狄泉盟会的地方发生地陷，而后有一苍一白两鹅出现，苍者飞去。有人说苍鹅飞去是外族入侵之兆，后来果有刘渊之乱。此处以刘渊喻侯景。横江：在今安徽和县东南。侯景反梁，由此渡江。石鼓鸣山：有兵乱则石鼓鸣。金精：太白星，《汉书·天文志》：“昴者，西方白虎之宿。太白者，金之精。太白入昴，金虎相薄，主兵乱。”北阙：秦未央宫立东阙、北阙，此代指京都。龙吟：据《梁书·武帝纪》，普通五年(524)六月，龙斗于曲阿(今江苏丹阳)，西行至建陵，所经处树木倒折，开地数十丈。东陵：梁皇室的陵墓建陵，在曲阿。麟斗：据《梁书·武帝纪》,中大同元年(546)春正月,建陵隧口石麒麟动,有大蛇斗隧中。

㊿ 侯景攻台城,纵兵杀掠,以北人横行江南,乱兵非常多。桀黠(xiá):凶狠狡黠之人。构扇:发动叛乱。冯陵(píng líng):仗势欺人。畿甸:京都附近方圆五百里。狼望、卢山:都是匈奴地名。黄图:京都。赤县:战国时邹衍称天下有九州,中国处赤县神州。青袍、白马:大同年间有童谣说:"青丝白马寿阳来。"侯景于是有意乘白马,青丝为辔,部将穿青袍。

57 梁武帝从太清三年(549)正月已不能视朝,侯景筑长围把梁武帝围在台城,后台城被攻,梁武帝被幽禁。天子:即梁武帝。履端:正月。废朝:不再上朝。单于:借指侯景。长围:侯景在台城外筑起的包围工事。《南史·侯景传》:"贼既不克,乃止攻,筑长围以绝内外。"两观:宫门的双阙。白虹贯日、苍鹰击殿:比喻梁武帝将遭不测。语出《战国策》:"聂政之刺韩傀也,白虹贯日;要离之刺庆忌也,苍鹰击殿。"夏台:监狱名,在今河南禹州市。据《史记·夏本纪》,桀囚汤于夏台。尧城:舜囚禁尧的地方,在今山东莒县西。

58 梁诸王救援不力,援兵被侯景击败。奔问官守:问候天子的群臣。据《梁书》,湘东王萧绎、河东王萧誉、桂阳王萧慥等援兵数十万,互相猜忌,号令不一,踟蹰不前。干:盾。戚:斧。陶侃:东晋名臣,苏峻、祖约作乱时,陶侃借军粮给温峤,助其平定叛乱。见《资治通鉴》卷九十四。顾荣:晋陈敏反,顾荣手挥白羽扇密谋起兵,推翻陈敏。见《晋书·顾荣传》。这里反用陶侃、顾荣事,喻援军无退贼之功。

59 台城被围困,内外隔绝,台城内的求援未能成功。绥:退却,指败军。长围:叛军修筑长长的防线,围困台城,使援兵不能入救。烽随星落:太清三年(549)三月朔旦(初一凌晨),城内举烽鼓噪求援,羊鸦仁、柳敬礼等从东府城北来援,被击败。见《梁书·侯景传》。鸢(yuān):风筝。简文帝萧纲自城中放纸鸢,上系书信告急,被侯景兵射落。见《南史·侯景传》。

60 各路援军四分五裂,兵无斗志,号令不一,一团混乱。文臣武将都临阵退缩,提不出救援良策。班马:失去骑手的战马。婴城:闭城自守。卷舌:缄口不言。

61 援军溃退,人民遭受战祸。昆阳:今河南叶县。据《后汉书·光武帝纪》,王莽派王寻、王邑围昆阳,驱虎、豹、犀、象之属以助威。刘秀发诸营兵大破莽军,虎豹皆股栗,士卒死以万数。常山之阵:古阵法,首尾呼应如常山蛇。《孙子兵法·九地》:"故善用兵者,譬如率然。率然者,常山之蛇也。击其首则尾至,击其尾则首至,击其中则首尾俱至。"

62 梁朝护军将军韦粲战死。韦粲:与侯景战,战死后封护军将军。见《梁书·韦粲传》。三世为将:韦粲祖父韦叡,梁左卫将军,父亲梁放,梁明威将军,至粲为三世。

63 济阳江子一兄弟亦战死。江子一:济阳考城(今河南民权东北)人。台城被围,江子一兄弟三人率百余人出战,身先士卒,皆力战死。见《梁书·江子一传》。

64 梁简文帝追赠江子一兄弟官职谥号,敌军佩服江子一的英勇,送还他的遗体,面目如生,三军上下无不悲泣。名存身丧:简文帝追赠子一侍中,谥义子;子四黄门侍郎,谥毅子;子五中书侍郎,谥烈子。狄人:指侯景。归元:指叛军送还江子一的遗体。《南史·江子一传》:"贼义子一之勇,归之,面如生。"元:头颅。《左传》僖公三十三年:"先轸(晋人)免胄入狄师,死焉。狄人归其元,面如生。"

65 尚书羊侃善于防守。尚书:指都官尚书羊侃,侯景之乱时,侃负责都督城内诸军事,守御有方,景不能破。病死后,台城遂陷落。据《南史·羊侃传》,侯景军用尖顶木驴(云梯之一种)攻城,侃作雉尾炬掷驴上焚之。侯景军起土山,侃命挖地道,潜引其土,使土山不能立。

66 羊侃虽善于防守,却不幸于苦战中病死,未能击退叛军。齐将:指战国时齐国的将领田单。燕将乐毅率兵破齐时,田单固守即墨(今山东平度东南)。见《史记·田单列传》。闭壁:守城。燕师:十六国时,后燕慕容垂攻北魏,中途卧病,筑燕昌城而还。见《十六国春秋》。人之云亡:语出《诗经·大雅·瞻卬》:"人之云亡,邦国殄(tiǎn)瘁。"

67 梁将柳仲礼总领援兵讨伐侯景,屡受重创,后投降侯景,身败名裂。申子:柳仲礼的小名。据《南史·柳仲礼传》,仲礼少有胆气,勇气过人。率雍州、司州精兵和诸路援兵共讨侯景,被推为大都督。咆勃:怒貌。元戎:主帅。鱼门:春秋时邾国的城门。据《左传》僖公二十二年,邾军获鲁僖公头盔,悬于鱼门。通中:贯穿内脏。刮骨:

用关羽刮骨去毒事。据《南史·柳仲礼传》,柳仲礼与侯景战于青塘,被砍中肩部,马又陷入泥沼,幸被部将救回,从此锐气大减,神情沮丧,不敢再言战。夭枉:夭折。据《南史》,台城陷后,柳仲礼开营投降,当时援军兵力甚众,莫不愤慨,都认为梁朝的灭亡,始于朱异,成于仲礼。

68 侯景攻城虚张声势,梁朝援军伤亡惨重,台城孤立无援,城内一片惊恐绝望气氛。隼(sǔn)翼鷃(yàn)披:鷃雀披着鹰隼的翅膀。隼:鹰。鷃:小鸟。见《亢仓子·君道》:"以隼翼而披之鷃,视不明者正以为隼,明者视之,乃鷃也。"虎威狐假,即狐假虎威,见《战国策·楚策》。这里是说侯景虚张声势,瓦解梁军士气。据《梁书·侯景传》,邵陵王萧纶率兵来救,与侯景对阵,败走京口,景俘其部将,押至城下,逼令高喊"已擒邵陵王",以瓦解城中士气。渍:血渍。锋:戈戟刃。镝(dí):箭镞。脂膏:脂肪。鹤唳:鹤鸣,《晋书·载记·苻坚》,苻坚淝水之败,"闻风声鹤唳,皆谓晋师之至"。胡笳(jiā):乐器。《晋书·刘琨传》:"琨在晋阳为胡骑所围,中夜奏胡笳,贼皆流涕唏嘘。"

69 此写台城陷落以及对梁朝的极大影响。神亭:在今江苏金坛市西北。三国时孙策战太史慈于神亭,太史慈之戟被夺。见《三国志·吴书·太史慈传》。横江:今安徽和县东南。孙策自横江渡长江与刘繇战,被流矢射中腿部,弃马而逃。见《三国志》裴注引《江表传》。这里以"亡戟""弃马"喻城陷。钜鹿:今河北平乡。项羽曾在此与秦主力决战,秦军土崩瓦解。又《左传》僖公十四年,秋八月初五日,沙鹿山崩塌。这里合两事,以秦兵之败比沙鹿山之崩,以喻梁军之败。长平:今山西高平市西北。战国时,秦将白起在此大战赵国军队,赵军四十万降秦。又《史记·廉颇蔺相如列传》,秦伐韩,赵奢率兵来救,双方在武安(今属河北)西开战,秦兵鼓噪,武安屋瓦皆震动。这里合用长平、武安两次大战事,比喻台城失陷使梁朝元气丧失殆尽。

70 写台城陷落后的荒芜景象。桂林:三国时吴国有桂林苑,在今江苏南京市东北。长洲:吴王阖闾游猎之苑,在今江苏苏州。墋(chěn)黩(dú):昏暗。

71 台城陷后,梁诸王纷争不已,他们彼此争斗,天地为之震动,梁武帝被侯景囚禁后凄惨死去。晋、郑、鲁、卫:都是周朝宗室姬姓国,借喻梁宗室诸王。靡依：无一可靠。天关：东方角宿二星为天关，其间为天门，天门动主有兵事。地轴：《河图括地象》："地下有四柱，广十万里，有三千六百轴。"雀鷇(kòu)：雏鸟。据《史记·赵世家》，赵武灵王被儿子派人围于宫里，饿了只能探雀鷇而充饥，三月余饿死。熊蹯(fán)：熊掌。据《左传》文公元年，楚太子商臣恐其太子之位被废，率兵围王宫，欲逼死其父楚成王，成王请求死前吃一只熊蹯，商臣不许，因为煮熟一只熊蹯的时间可能会使成王得到救援。成王只得自缢而死。讵(jù)：何，岂。这里以赵武灵王、楚成王比梁武帝。《南史·武帝纪》："帝疾久口苦，索蜜不得，再曰'荷荷'，遂崩。"

⑫ 侯景恶葬梁武帝后，又杀了梁简文帝。车侧郭门：《左传》襄公二十五年，春秋时，崔杼杀齐庄公，草草葬庄公于北郭。车：丧车。侧：埋而不殡于祖庙。郭门：城外。筋悬庙屋：《战国策·楚策》，楚将淖齿杀死齐湣王后，抽了他的筋，悬于庙梁。这里以崔杼、淖齿比侯景，梁武帝死，景秘不发丧，权殡于昭阳殿；又废简文帝，幽禁于永福省，并派人用土囊将简文帝窒息而死。

⑬ 此写金陵之亡以及自己西奔江陵之意。曹社：曹国的社宫。《左传》哀公七年，曹国有人梦见一群人立于社宫谋划灭曹之事，后来曹果然被宋所灭。秦庭：这里喻指江陵。用楚申包胥到秦国哭求救兵之事，说自己有赴江陵乞援之志。当时湘东王驻守江陵。

⑭ 写西奔江陵途中，假称奉使出行，混过关防，沿途遇到了层层盘查。刻玺：皇帝的印信。酬对：应对。鄂坂：鄂坂关，在今河南登封市东南。这里非实指，而是用典。据《晋书·惠帝纪》，赵王伦篡帝位，齐王冏起兵讨伦，伦遣其将张泓出堮(同"鄂")坂拒冏。讥嫌：盘查与猜疑。耏(ér)门：据《左传》文公十一年，宋人耏班御狄有功，宋公特赐他在一个城门口设卡收税，此门便称耏门。

⑮ 因为没有正式文书，从陆路通过关口很困难，于是舍弃陆路而走水路，沿长江而上。白马：据桓谭《新论》，公孙龙曾和人辩论"白马非马"的问题，人们不能说服他。后来他乘白马想出关，因为没有出关的凭证，关吏还是不让他过去，可见虚言并不能代替事实。青骡：《鲁女生别传》，仙人李少君死后百余日，人见其在河东蒲坂乘青驴而行。这里反用其事，说不能像仙人那样畅行无阻。

⑯ 在路上遇到侯景遣大军沿江而上袭郢州(今湖北武昌)，梁朝派出大

将王僧辩、胡僧祐抵挡侯景军队。锯牙、钩爪：指侯景的部众。习流：熟悉水性的士兵，即水师。青龙、飞燕：古战船名。船楼：即楼船，一种高至十余丈的大船。张辽：三国时曹操大将，孙权攻合肥十余日，张辽率敢死士大破孙权军队，曹操拜为征东将军。见《三国志·魏书·张辽传》。赤壁：在今湖北赤壁市西北。张辽军临合肥，说赤壁或别有据。这里比以王僧辩，梁征东将军。王濬：西晋益州刺史，太康元年(280)率水师伐吴，曾上书说："臣自达巴丘(今湖南岳阳)，所向披靡。"见《晋书·王濬传》。时王僧辩与侯景军对峙，胡僧祐率军由水路增援。

⑦ 侯景军队攻城失利，其主将或被擒，或战死。风惊射火：侯景军攻城时掷火烧水栅，风向不对，反烧向自己。见《梁书·王僧辩传》。黄盖：三国时东吴大将，赤壁之战中被流矢射中，时寒，落入水中。吴军士救起后不知其为黄盖，置厕床中，黄盖大呼韩当，韩当听出了他的声音，黄盖得救。见《三国志》裴注引《吴书》。杜侯：三国魏仆射杜畿，监造御船，试行时翻船，溺死。见《三国志·魏书·杜畿传》。

⑧ 写自己一路逃避，已到了湘汉分野之处的江陵，仍眷顾旧国旧都。黄鹤之浦：今湖北武昌西南。鹦鹉之洲：在今武昌西南江中。斗、牛：二星宿名，古人以地上的扬州与之对应，建康属扬州。

⑨ 写自己西行艰难。阴陵：在今安徽定远县西北，项羽垓下突围后曾迷途于此。见《史记·项羽本纪》。钓台：在今武汉长江边。趣：通"趋"。赤壁：此处指湖北武昌西赤矶山。舣(yǐ)：将船停靠岸边。乌江：今安徽和县东北，项羽自刎处。

⑩ 追叙途中所见，认为湘东王萧绎可以依靠。雷池：今湖北黄梅和安徽宿松以南长江北岸一带。鹊陵：鹊岸，今安徽贵池至无为一带长江北岸。荆衡：指荆州。《尚书·禹贡》："荆及衡阳惟荆州。"杞、梓：美材良木，此以比湘东王。

⑪ 写行程遥远，途中幸亏有人相助，历经了艰难。漂渚：妇女们漂洗衣物的江滩。汉韩信曾寄食于漂母十余日。见《史记·淮阴侯列传》。芦中：春秋时伍子胥逃离楚国之时，为避追兵，曾藏于芦苇丛中。见《吴越春秋》。七泽：古代楚国有云梦等七泽。

⑫ 写自己忧心国难，本不会处世，不愿做官，在江陵被任为御史中丞，转右卫将军。天保：上苍保佑君王平安，这里指国家命运。据《史

记·周本纪》,周武王夜里睡不好,有人问他,他说:"我未定天保,何暇寐。"殷忧:深深的忧虑。危行:高洁的行为。谬:荒谬。滥:滥竽充数。尸:尸位素餐,谦词。

㊳ 用西汉史学家司马迁及其父司马谈为比,说他父亲庾肩吾临终前也曾对他有所嘱托,先辈之德无愧前贤,到自己这一代才开始衰落。龙门:司马迁的诞生地,在今陕西韩城市东北。辞亲:与父亲诀别。据《史记·太史公自序》,司马迁的父亲司马谈临死,留滞在河、洛之间,司马迁赶回,与父亲相见。司马谈临终,嘱司马迁完成其著史之愿。顾托:临终的嘱托。三世:指曾祖庾道骥、祖庾易、父庾肩吾。七叶:七代,八世祖庾滔至庾信为七代。

㊴ 写思念父母的情怀以及杜门远祸,忧谗待死的心境。《梁山》:指琴曲《梁山操》。蔡邕《琴操》:"曾子耕泰山下,雨雪,不得归,思父母,作《梁山操》。"枯鱼衔索:串干鱼的绳索,《孔子家语》:"子路见孔子曰:'枯鱼衔索,几何不蠹?二亲之寿,忽如过隙。'"藋(diào):野草名,状似藜。杜若:香草。《楚辞·九歌·湘君》:"采芳洲兮杜若。"庾信以屈原自比,自喻品行高洁。芦苇单衣:三国时,东吴重臣诸葛恪被杀后以苇席裹身,篾束腰,投于石子冈。见《三国志·吴书·诸葛恪传》。这是庾信担心自己遭忌被谗,也会落得诸葛恪那样下场。

㊵ 写湘东王调兵遣将讨侯景,根据兵书制定讨伐战略。西楚霸王:秦亡后项羽自立为西楚霸王,这里指湘东王,后进位为梁元帝,其时尚未正式即位。繁阳:今河南新蔡县北。金匮:指《太公金匮》,兵书。挍(jiào):较量。玉堂:汉有玉堂殿,这里泛指宫廷。

㊶ 梁朝王僧辩、陈霸先歃血盟誓,慷慨出师,一直攻到金陵。苍鹰、赤雀:战船名。铁舳(zhú)、牙樯:船桨和桅杆。白马:古时盟誓以白马作牺牲,此指讨伐侯景的誓师仪式。黄龙:大禹南巡,有黄龙负舟渡江。见《吕氏春秋·知分》。江萍:楚昭王渡江,得一物,圆形赤色,大如斗,拿去向孔子请教,孔子说这叫萍实,只有霸者能得到。见《说苑·辨物》。石城:石头城,今江苏南京。淮泗:秦淮河。

㊷ 梁朝各路人马先后到达,侯景叛军接战失利后纷纷出逃,侯景在奔逃途中被杀。郑伯:据《左传》昭公四年,诸侯赴楚灵王之盟会,郑伯是第一个到盟会之地的。荀罃(yīng):据《左传》襄公十一年,诸侯伐郑,齐、宋先至,晋大夫荀罃天黑了才到,其时晋为盟主。魑

(chī)：山神，兽形。魅(mèi)：怪物。驹门：子驹之门。《左传》文公十一年，鲁败狄，获其国君长狄侨如，杀之，埋其首于子驹之门。蚩尤：古部落酋长，传说与黄帝战于涿鹿之野，黄帝戮蚩尤于中冀。见皇甫谧《帝王世纪》。

㊳ 写侯景之死，而且在平乱之前就已有征兆。然腹为灯：然，通“燃”。董卓被诛后，尸陈于市，守尸者在他腹部点燃了火，其腹部的脂肪竟燃烧达旦。见《后汉书·董卓传》。饮头为器：赵襄子恨智伯，杀了他以后，竟用他的头颅来作饮酒的器皿。见《史记·刺客列传》。据《南史·侯景传》记侯景之死：“及景死，……送于建康，暴之于市。百姓争取屠脍，羹食皆尽。焚骨扬灰，曾罹其祸者，乃以灰和酒饮之。首至江陵，元帝命枭于市三日，然后煮而漆之，以付武库。”直虹：《晋书·天文志》：“虹头尾至地，流血之象。”长星：将星。长星属地：将亡主将。

㊴ 故都金陵遭侯景之乱而凋残。黄旗紫气：即金陵王气。据《宋书·符瑞志》，汉代的术士们说，黄旗紫气出现在斗牛之间，江东有天子气。殄(tiǎn)悴(cuì)：困苦。

㊵ 这里回忆梁朝的兴亡史，先写梁朝宫苑风景，暗喻国家安宁之时。又写侯景之乱危及宫廷，并哀悼梁武帝。博望：汉有博望苑，汉武帝为卫太子立，供他交接宾客。这里借指梁宫苑。玄圃：梁有玄圃苑。玉女：仙女。古人窗间多刻饰玉女。凤皇楼：晋宫阙名。此处指华贵的宫殿。仁寿之镜：陆机《与弟云书》：“(晋)仁寿殿前有大方铜镜，高五尺余，宽三尺二寸。”茂陵：汉武帝陵墓。《汉武帝内传》载其崩时，遗诏以杂经三十余卷随殓。

㊶ 赞美梁简文帝萧纲的学识品德，伤悼他的命运。立德立言：树立德性、言论，以传世不朽。《左传》襄公二十四年：“太上有立德，其次有立功，其次有立言，虽久不废，此之谓不朽。”谟(mó)明：谋划聪明。寅亮：恭敬信奉。系表：意在言外。河上：相传为西汉时道家，不知其姓名，因住黄河之滨，故称河上公。传注《老子》，唐刘知幾认为系后人伪托。浮丘：古仙人，据《列仙传》，接周灵王太子晋上嵩高山。师旷：晋乐师。据《逸周书·太子晋》，师旷看到太子晋面带死人色，太子晋说，是的，我三年后就要去见天帝，不要先说出去。后来不到三年就死了。据《梁书·简文帝纪》，简文帝萧纲“读书十行俱下。九流百家，经目必记。篇章辞赋，操笔立成。博综儒书，善言

玄理。”在中大通三年(531)被梁武帝立为太子,太清三年(549)三月台城陷,受制于侯景,五月即帝位,大宝二年(551)九月被杀。

⑫ 台城陷落后,简文帝萧纲将幼子托付给湘东王,他的儿子中只有两个以寿终,但都在江陵陷后入魏,客死长安,不能一瞻陵墓。简文帝虽有宿卫兵仗,却反被侯景利用。西陵:曹操墓。北阙之兵:卫尉所统领的宫门卫兵。灵台之仗:据《魏氏春秋》,魏高贵乡公把陵云台上的铠仗取下来交给卫兵,准备亲自出讨司马昭。

⑬ 此写王僧辩先平萧誉,后平侯景,有功于王室。司徒:指讨伐侯景的大将王僧辩。表里经纶:筹划治理朝廷内外大事。狐偃:晋大夫。曾劝晋文公支持出奔在外的周襄王恢复名位:“求诸侯莫如勤王。”见《左传》僖公二十五年。琱(diāo)戈:雕有纹饰的戈。霸主:指河东王萧誉。据《梁书·河东王誉传》,誉为湘州刺史,梁元帝派王僧辩攻誉,城破被斩,传首江陵。贼臣:指侯景。杜元凯:杜预字元凯,以平吴有功封当阳县侯。见《晋书·杜预传》。温太真:温峤字太真,为江州刺史,平王敦与苏峻之乱有功。见《晋书·温峤传》。

⑭ 写王僧辩父子能“全”大“节”,而不免“枉死”,伤王僧辩功成被戮。据《梁书·王僧辩传》,僧辩先是反对立贞阳侯萧渊明为帝,后又送贞阳侯入建康(今江苏南京)即位,改元天成。陈霸先恶僧辩翻覆,袭建康,杀僧辩及其子。全节:又称全鸠里,在今河南灵宝西北,汉武帝戾太子死于此。见《汉书·武五子传》。枉人:山名,在今河南浚县东北。纣杀比干于此。见《史记·殷本纪》。南阳:据《吴越春秋》,文种曾佐勾践,灭吴后被赐死,临死乃叹:“南阳之宰而为越王之禽。”上蔡:据《史记·李斯列传》,李斯论腰斩咸阳市,“出狱,与其中子俱执,顾谓其子曰:‘吾欲与若复牵黄犬出上蔡东门逐狡兔,岂可得乎!’”

⑮ 指邵陵王萧纶骄矜自负,山川神灵不庇护萧纶,伤萧纶及其子之死。镇北:萧纶曾为扬州刺史,扬州在北,故云镇北。负誉矜前:萧纶曾在钟山一带大败侯景,但第二天再战,败走京口,失败后仍以前功自夸。风飙:风标,风度。水神遭箭:据《史记·秦始皇本纪》,始皇梦与海神战,因而派人射杀象征海神的大鱼。山灵见鞭:据《三齐略记》,秦始皇欲渡海观日出,有神人鞭石入海搭为桥,石皆流血。蛰熊伤马:萧纶率兵至钟山,有伏熊咬伤他的坐骑。浮蛟没舄:据《南史·梁武帝诸子传》,萧纶率众讨侯景,舟行江中,有物荡舟将颠覆,

又有风起，人马溺死者十之一二。这是说萧纶的失败事先已有凶兆。才子：有才能的人。这里指萧纶。《左传》文公十八年："昔高阳氏有才子八人。"梁武帝也有八子，包括简文帝萧纲、元帝萧绎、邵陵王萧纶等。并命：一同去死。这里指萧纶父子之死。按，大宝元年(550)，湘东王萧绎遣王僧辩攻郢州，纶逃至齐昌(今湖北蕲春西南)，侯景将任约袭纶，纶败走汝南(今湖北武汉市南)，西魏军陷汝南，杀纶。纶长子萧坚，封汝南侯，侯景陷城，遇害。次子萧确，封永安侯，钟山之战，英勇无敌，后欲暗杀侯景，反被害。见《南史・梁武帝诸子传》。

96 梁元帝平侯景之乱，他是由湘东王而承帝业，中兴梁朝，试图恢复梁朝传统。中宗：指梁元帝萧绎，以其启中兴之业，故称中宗。代邸：汉文帝的府邸。《汉书・文帝纪》："奉天子法驾，迎于代邸。"汉文帝即位前为代王，周勃、陈平等灭诸吕，将其迎入长安继天子之位。唐郊：尧先封为唐侯，后来才由其异母兄禅位而为天子。见《史记・五帝本纪》。这两句都是比梁元帝之继位乃兄弟相承。反：通"返"。司隶：指汉光武帝，《后汉书・光武帝纪》："更始将北都洛阳，以光武为司隶校尉(掌纠察京师百官及所辖畿辅地区)，使前整修宫府。于是致僚属，作文移，从事司察，一如旧章。"正始：三国魏齐王曹芳年号(240—249)，这一时期清谈之风开始盛行，后世称"正始之音"。

97 梁元帝性格矫饰，猜忌心重，称帝后更逞其所欲，毁害臣下，故其臣亦有离心二意，政权不稳。据《南史・梁本纪》：梁元帝"性好矫饰，多猜忌，于名无所假人，微有胜己者，必加毁害。"又《隋书・五行志》，梁元帝平侯景，破萧纪，有骄矜之色，性又沉猜，因此臣下离心。

98 刚刚中兴的梁面临严重外患，与北齐屡有战争，又受到西魏进逼。梁元帝建都江陵，而不还都建康，他还用侯景旧部抗击来攻江陵的武陵王萧纪。背关怀楚：项羽入关后，怀恋故乡，故离开关中回到西楚，以致将关中拱手让给刘邦。见《史记・项羽本纪》。端委：礼服。此指礼让之举。据《史记・周本纪》，古代吴国的始祖太伯是为了礼让兄弟(文王之父)，才跑到吴地开创基业的。绿林散卒：西汉末绿林义军，这里喻侯景旧部。骊山叛徒：秦末英布率骊山刑徒起事归项羽，这里喻萧纪僭号于蜀。

99 梁元帝派兵筑垒阻萧纪，为拒萧纪，还乞灵于鬼神，后在荆门(今湖北宜都西北)杀了萧纪,又攻其兄邵陵王萧纶,致使萧纶为魏人所杀。梁:架桥。溠(zhā):水名,在今湖北随州西北。蒐(sōu):检阅。乘(shèng):兵车,一车四马为乘。巴渝:本指蜀地的《巴渝舞》,这里泛指骁勇的军队。淫昏之鬼:邪恶混乱的鬼神。据《左传》僖公十九年,宋襄公杀鄫国之君来祭土地神,子鱼说他侵害别国国君以祭祀淫昏之鬼,必不能成其霸业。厌劾之巫:承圣二年(553),梁元帝听说萧纪东下,命方士在板上画萧纪像,亲自钉其肢体以厌之。见《资治通鉴》。廪延:今河南延津。据《左传》隐公元年,郑庄公弟共叔段把势力扩展到廪延,将袭庄公,终被庄公打败。逵泉:今山东曲阜东南。据《左传》庄公三十二年,鲁国季友用毒酒将其兄杀于逵泉。

⑩⓪ 梁元帝没有孝悌之心,兄弟之间不能和乐,反而互相伤害。他安恋江陵,不接受还都建康的建议,不懂得如何治国。蔑:没有、不能。弯弧:弯弓,《孟子》:"其兄弯弓以射之。"肉食:指居官在位的人。《左传》庄公十年"肉食者鄙,未能远谋。"《论都》:据《后汉书·杜笃传》,杜笃认为关中比洛阳好,上《论都赋》,劝光武帝都长安。五难:据《左传》昭公十三年,取国有五难,"有宠而无人,一也;有人而无主,二也;有主而无谋,三也;有谋而无民,四也;有民而无德,五也。"三端:梁元帝能诗、工书、善画,自图宣尼像,为之赞而书之,时人谓之三绝。见《南史·梁本纪》。

⑩① 江陵形势非常危险,梁元帝猜忌残忍,侯景反时,他按兵不动,坐观时变,简文帝死后出兵,也不是为了救兄弟急难,而是想扩张自己的势力。阳城:阳城山,在今河南登封东北。《左传》昭公四年:"阳城,九州之险也。"砥柱:砥柱山,在今河南陕县东北黄河中。

⑩② 梁元帝所辖疆域十分狭小,且交邻无道,引起魏兵的进犯,太自不量力。弹丸:形容地域狭小。按,时江陵户籍不足三万。黩(dú):轻慢,不敬。寒:冻结。按,承圣二年(553),西魏将杨忠进逼江陵,梁元帝送子萧方略为质以求和,并与杨忠盟约,魏以石城为封,梁以安陆为界。承圣三年,魏使者宇文仁恕至江陵,梁元帝请求按旧版图重定疆界,辞颇不逊,西魏遂南侵。冤禽:精卫鸟,传说是炎帝的小女儿,游于东海淹死,化为冤禽,常衔西山木石以填东海。见《山海经·北山经》。愚叟:北山愚公,因太行、王屋二山阻碍出入,想把山铲平。见《列子·汤问》。

⑩③ 梁元帝即位以来，灾异迭现，梁运将终，亡国的时刻已到来。沴（lì）气：恶气，灾气。妖精：流星。据《南史·梁本纪》，承圣三年（554）十一月庚子夜，有流星坠城内。赤鸟：《左传》哀公六年："有云如众赤鸟，夹日以飞三日。"围轸（zhěn）：围聚于轸宿。楚地是轸宿、翼宿的分野。亡吴之岁、入郢之年：春秋时吴灭越，不到四十年，越又灭吴；吴亦曾攻入楚国的郢都，这两次战争的时间，全都应验了预言。见《左传》昭公三十二年、昭公三十一年。此处借以说明梁朝覆灭的结果亦仿佛是天意。

⑩④ 元帝与诸兄弟交恶，与邻邦结怨，导致西魏对江陵的进犯，梁朝势弱必败，事情无可挽回。周含郑怒，楚结秦冤：春秋时周、郑两国交恶，楚、秦两国绝和。按，梁元帝曾攻灭河东王萧誉，誉弟萧詧因此与梁元帝结怨，附庸于西魏，西魏攻江陵，詧自襄阳出兵会合。见《周书·萧詧传》。南风：据《左传》襄公十八年，晋人听说楚已发兵，师旷说：没有妨害，我屡唱北方曲调，又歌南方曲调，"南风不竞（不强），多死声，楚必无功。"西邻：据《左传》僖公十五年，秦伐晋，战于韩原，秦俘虏晋侯。在此之前，史苏曾预测"西邻责言，不可偿也"。这里以"西邻"喻西魏。

⑩⑤ 西魏兵马强盛，声势很大，出奇制胜。俴（jiàn）：浅。畅毂（gǔ）：一种车轴较长的战车。沓：重击。雷门：会稽（今浙江绍兴）城门。传说门有大鼓，击之，声闻洛阳。陈仓：今陕西宝鸡东。《三国志·吴书·诸葛亮传》，建兴六年（228）冬，诸葛亮伐魏，围陈仓，用可以连续发箭的弓弩作战。临晋：临晋关，一名蒲津关，在今陕西大荔县朝邑镇黄河上。《史记·淮阴侯列传》，韩信攻魏，佯陈船欲渡临晋，而伏兵从夏阳袭安邑，虏魏王豹。

⑩⑥ 梁朝虽有地利，但士气不振，无御敌之力。七泽：楚地湖泊，云梦泽是其中之一。三户：《史记·项羽本纪》："楚虽三户，亡秦必楚。"楚国的屈、景、昭三姓贵族有决心打败秦国。一说三户为地名，漳水津边，在邺西三十里。丽：射中。六麋（mí）：《左传》宣公十二年，晋魏锜到楚国挑战，楚潘党追赶他，到了荥泽，魏锜看到六头麋鹿，就射死一头给潘党，潘不再追赶。这里是说江陵已无射麋之人。九虎：汉末王莽拜将军九人，皆以虎为号。《后汉书·冯衍传》："（光武帝）破百万之阵，摧九虎之军，雷震四海。"

⑩⑦ 梁朝军队四散奔溃，梁元帝兵败被俘，无奈出降。涔阳：楚都郢附

近的江浦，在今湖南涔水北岸。焚旗：《左传》僖公十五年，秦晋韩原之战，晋侯被俘，史苏当初曾预测晋败秦胜："火焚其旗，不利行师。"贞风：《周易》称蛊卦的卦象是"山下有风"，君主被俘之兆。玉轴：卷轴的美称，借指珍美的图书字画。龙文，宝剑名。梁元帝出降前，聚书十余万卷，毁于一炬，出降时，乘白马，素衣，出东门，抽剑砍断门柱，叹道："读书万卷，尚有今日。"见《南史·梁本纪》。

⑩⑧ 梁朝边防空虚，魏军势如破竹。江陵虽可守御一时，但城中无克敌制胜的将帅。下江：长江下游湖北、安徽、江苏等省，这里指江陵以下。长林：今湖北荆门。按，下江、长林在当时属永宁郡，北接襄阳。萧詧坐镇襄阳，与梁元帝为敌，永宁郡应当是防守要地，衡州刺史王琳曾请求镇永宁御敌，事未果。承圣三年（554），西魏来攻，先下襄阳，继取永宁，直驱江陵。元帝急召王琳，而此时王琳已遭忌远放岭南，等到王琳兵到长沙，江陵已陷。拑（qián）马之秣：用木棍钳住马嘴，不喂草料。《公羊传》宣公十五年："围者钳马而秣之，使肥者应客。"意思是被围困在城中，为节省粮秣少喂马，只把肥马亮给敌人看，以示城中粮秣充足，可以固守。烧牛之兵：燕国将领乐毅率兵破齐，齐将田单坚守即墨（今山东平度东南），取千余头牛，披上五彩龙纹衣，角上绑矛枪，尾系沾上油脂的苇束，点燃末端，纵牛而出，大破燕兵之围。见《史记·田单列传》。这里是说西魏军队攻入江陵，未遇固守之将如田单者。

⑩⑨ 梁朝文武百官离心，诸臣纷纷离去。章曼枝：即赤章曼枝，仇犹国人。《韩非子·说林》，晋智伯欲伐仇犹国，因道险难通，乃铸大钟赠仇犹，要迎接大钟必先修通道路，赤章曼枝谏阻不听，于是"断毂而驱（乘断毂之车疾驰）至于齐"，不久仇犹国就灭亡了。宫之奇：春秋时虞国大夫。晋向虞借道攻虢，宫之奇劝虞君拒绝晋国请求，虞君不听。几年后，晋又借道攻虢，宫之奇再劝，虞君又不听，宫之奇率全族离开。三个月后，晋军灭虢返程时灭掉了虞。见《左传》僖公五年。河无冰：《后汉书·光武帝纪》，光武帝曾因逃避追击而冬渡滹沱河，因冰未结得很厚，未过完数骑而冰解。关未晓：孟尝君逃离秦国，到了函谷关时，天未亮，孟尝君苦于关门未开而后有追兵，二宾客学鸡鸣而使守关误开关门，遂得以脱险。见《史记·孟尝君列传》。

⑪⑩ 梁朝有识之士报国无门，西魏入江陵后大肆捕杀，梁朝官员惨遭屠

戮拘禁。解骨：粉身碎骨。吞声：饮恨无言。章华：楚灵王所建之王宫，在今湖北监利县西北。望祭：祭祀本国山川。云梦：今湖北南部。据《史记·高祖本纪》，韩信为楚王时，汉高祖怀疑他要造反，故用陈平之计，假作欲游云梦，韩信迎谒时，遂将韩信扣留。荒谷、冶父：均为楚地名。莫敖：春秋时楚国人屈瑕。据《左传》桓公十三年，屈率军攻罗国，兵败，自缢。其他将领皆囚于冶父，听候发落。

⑪ 梁朝官民备受摧残，百姓无辜遭受苦难，天地同悲，劫后余生悲恸之极。硎(kēng)穽(jǐng)：即硎谷、坑儒谷，据说是秦始皇坑儒之处。硎，同“坑”。折拉：折齿拉胁，指毒打，战国时秦昭王的宰相范雎曾在魏国被魏齐打得“拉胁折齿”。见《史记·范雎列传》。鹯(zhān)：猛禽。攢(fèi)：搏击。冤霜：据《淮南子》，邹衍忠于燕惠王，惠王信谗捕之下狱，衍仰天大哭，正当夏天而天为降霜。愤泉：据《后汉书·耿恭传》，耿恭守疏勒，敌绝其水源，守兵渴乏，耿恭向枯井祈祷，泉水涌出。秋沸：耿恭出泉在秋七月水涸时，故以秋沸为异。杞妇：指杞梁殖之妻。齐庄公袭莒(今山东莒县)，齐大夫杞梁殖战死，其妻抚尸恸哭，莒城为之崩。见《列女传·贞顺传》。湘妃之泪：舜南巡死于苍梧(在今湖南宁远)，二妃娥皇、女英泪下沾竹，竹上斑痕累累。见《博物志》。

⑫ 江陵百姓在被掳往西魏的路途上历尽艰难苦辛，到达关中。按，西魏攻陷江陵后，于承圣三年(554)十二月，“乃选百姓男女数万口，分为奴婢，驱入长安，小弱者皆杀之”。见《梁书·元帝纪》。水毒秦泾：据《左传》襄公十四年，晋郑伐秦，秦人在泾水上游放毒，使晋郑之兵饮水而死。赵陉(xíng)：指赵国的井陉(在今河北井陉西北)，险要之地。蛰燕：藏伏避寒的燕子。据《晋书·郗鉴传》，晋元帝时，郗鉴镇邹山，饥民掘野鼠、蛰燕为食。暗逐流萤：据《后汉书·灵帝纪》，少帝刘辨与陈留王刘协被张让等劫持，后得救，夜逐萤光行数里，始获民家车载还宫。

⑬ 江陵劫后破败不堪，人民不分贵贱老幼一并被掳入关，当时气候严寒，作者在长安见到被俘送而来的梁朝故人，他们都因为怀念家乡而痛苦。泮(pàn)：溶解，分离。淄渑(zī shéng)：淄水(今山东淄河)、渑水(今山东淄博东北)味不同，合则难辨。陆机：本吴国将门之子，年二十而晋灭吴，后被征至洛阳为官。《晋书》卷四十五有传。王粲：字仲宣，山阳(今山东邹城市西南)人。十七岁时因战乱依荆

州刘表。《三国志》卷二十一有传。

⑭ 他们家人离散，各在一方，相见无期。交河：在今新疆吐鲁番，这里代指秦川。青波：今河南新蔡。这里代指梁朝故国。石望夫：刘义庆《幽明录》，传说有女子在武昌（今湖北鄂城）北山送别丈夫，伫望过久，化为石，人称望夫石。山望子：据《太平御览》引《述异记》，中山（今河北定州）有韩夫人愁思台，也称为望子陵，是她思念爱子的地方。

⑮ 妇女们被掠卖远嫁，当时有很多人用诗赋抒写离愁别恨。才人：《史记·张耳陈余列传》，赵王武臣为燕军所获，赵一厮养卒（奴仆）前往燕军营垒，说服燕将，救回武臣，武臣以才人（宫中女官）赐厮养卒为妻。代郡：今河北蔚县东北。公子：一作公主，据《晋书·后妃传》，晋惠帝的女儿清河公主，在洛阳战乱之际，被人掠卖，受尽困苦。栩杨：一作栩阳，《汉书·艺文志》载"《别栩阳赋》五篇"。临江王：即刘荣，汉景帝前四年（前153）立为皇太子，四年后废为临江王。见《汉书·景十三王传》。《汉书·艺文志》载"《临江王及愁思节士歌诗》四篇"。

⑯ 作者出使被留在北方，思念故国乡关，却欲归不能。武威：西汉治今甘肃民勤县东北，东汉治今甘肃武威市。金微：金微山，今新疆阿尔泰山。这里以武威、金微喻长安。班超：东汉名将，久镇西域，年老思返，上疏请归："臣不敢望到酒泉郡，但愿生入玉门关。"见《后汉书·班超传》。温序：东汉太原人，官护羌校尉，被葬于洛阳。托梦给儿子说，"久客思乡里"，于是归葬乡里。见《后汉书·独行传》。双凫、一雁：《艺文类聚》卷二十九引苏武《别李陵》诗，其中有"双凫俱北飞，一凫独南翔。子当留斯馆，我当归故乡"。按，《周书·庾信传》，陈与北周通好，不少流寓北方的萧梁文士都陆续回归旧国，唯独庾信、王褒不被遣还，故此处用苏李为比。

⑰ 江陵之亡固然标志着梁运中衰，然而这场祸事的根源却可以追溯到金陵时期，江陵之亡虽说跟萧詧勾引来西魏军队直接相关，但实际上乱子起于内部的争夺。否（pǐ）：易卦名，表天地不交，上下隔阂，闭塞不通之象。金陵之祸：指梁武帝接受侯景来降，终于乱倾天下，不可收拾。萧墙：鲁国国君所用的屏风，"萧"字从"肃"，取群臣至此肃然起敬的意思。《论语·季氏》："吾恐季孙之忧，不在颛臾（zhuān yú，人名），而在萧墙之内也。"此处喻梁元帝。

⑱ 平定侯景之乱、大有中兴希望的梁元帝，竟落得国亡祀绝的结局，梁元帝及其子皆死于萧詧之手。梁元帝与萧詧结怨招致败亡，萧詧投靠西魏残害骨肉，战乱之后遍地是死亡将士的游魂和野鬼。忽焉：快速的样子。犹子：侄子，萧詧是昭明太子萧统第三子，元帝与其为叔侄。荆山：在今湖北西北部，为楚卞和发现和氏璧的地方。又《盐铁论》："昆山之旁，以玉璞抵乌鸦"，此合二事而用之。随：今湖北随州。《淮南子·览冥训》高诱注，随侯救了一条受伤的大蛇，大蛇就衔来一颗夜明珠以报答随侯。鬼火：磷火。殇（shāng）魂：无主的鬼魂，这里指战死者。平林：今湖北随州东北。新市：今湖北京山东北。据《后汉书·光武帝纪》，光武帝起兵时在此二地招兵，后汉中兴，兵有新市、平林之号。

⑲ 梁朝亡于西魏，西魏废掉了梁元帝，又被北周取而代之。陈霸先凭借梁朝而壮大，后取梁而代之。梁故丰徙：《史记·高祖本纪》："丰，故梁徙也。"战国时秦灭魏，魏王自大梁（今河南开封西北）东迁于丰（今江苏丰县）。此借喻元帝从建康移都江陵。有妫（guī）：陈氏本为妫姓，在周为陈国，春秋时陈公子完奔齐，其后遂姓陈氏。有妫之后：指陈霸先。将育于姜：春秋后期的姜姓齐国政权被田和篡夺，田和是陈公子完的后代。见《左传》庄公二十二年。这里指梁姓天下亦为陈姓所取代。神器：帝位。让王：让帝位于他人而已被封王的人，指梁敬帝。太平二年（557）陈霸先代梁为帝，废梁敬帝为江阴王。见《梁书·敬帝纪》。

⑳ 梁武帝活了八十六岁，居帝位的时间也最长，他误用侯景，失位丧生，尽弃江东王业。天地之大德、圣人之大宝：这两句语出《周易·系辞》，意思是天地有生成万物的恩德，圣人最可宝贵的东西是王位。无赖：奸诈、强横之徒，此指侯景。

㉑ 梁元帝平侯景之乱，可望中兴，却遭到河东王萧詧的反对，同室操戈，终致灭亡之祸，西魏陷江陵，梁朝灭。天下一家：《史记·吴王濞列传》，高祖召濞曰："汉后五十年东南有乱者，岂若（你）邪？然天下同姓为一家也，慎无反。"吴王濞是刘邦兄之子，萧詧是元帝兄萧统之子，萧詧反于湘州（今湖南长沙），正在江陵之东南。鹑首：星次名，江陵之分野为鹑首之次，故借指江陵。张衡《西京赋》："昔者，大帝悦秦缪公而觐之，飨以钧天广乐。帝有醉焉，乃为金策，锡用此土，而翦诸鹑首。"此以鹑首赐秦的故事喻西魏取江陵。

⑫ 天道有轮回,人事也随之变迁,八世祖庾滔遭西晋永嘉之乱迁于江陵,到作者这里不过七代,又碰上国难而回到北方。生民:人民。东川:指江陵。洎(jì):及,到达。七叶:七世。

⑬ 全家羁留在长安,时有生离死别的事发生,亲朋多有死亡,而己独存。关河:函谷关以西,黄河以北地区,指长安。契阔:离散。灵光:灵光殿,见王延寿《鲁灵光殿赋序》:"自西京未央、建章之殿皆见隳坏,而灵光岿(kuī)然独存。"

⑭ 岁月将尽,人已垂暮,时常深怀忧思。在长安出入王宫,周旋于权贵之间。长乐:西汉宫名。神皋:京华之地。宣平:长安城东北第一门。贵里:显贵所居之处。

⑮ 长安为形胜之地,自己在北周受到二帝、诸王很尊崇的礼遇。天门:天宫之门。秦始皇建咸阳宫,按照天象,在北陵上修殿象征北极天帝住处,引渭水贯穿都城象征天河,在河上架桥象征牵牛星故事。见《三辅黄图》。地市:指秦始皇陵墓。幕府大将军:指北周明帝宇文毓与武帝宇文邕。二人皆曾任大将军。丞相平津侯:汉武帝封丞相公孙弘为平津侯,这里指丞相宇文护,护封晋国公。据《周书·庾信传》:"世宗(明帝宇文毓)、高祖(武帝宇文邕)并雅好文学,信特蒙恩礼。至于滕(宇文逌)、赵(宇文招)诸王,周旋款至,有若布衣之交。"

⑯ 长安虽然繁盛,但自己在这里仍然怀念故国。身在长安、心向江南的,不止梁朝的王子王孙们,自己的乡关之思比他们还要强烈!钟鼎:钟鸣鼎食,即列鼎而食,食时击钟奏乐,指富贵人家。弦歌:有琴瑟伴奏的歌咏。金、张、许、史:汉代大臣与外戚中的显贵者,喻北周的上层人士。故时将军:据《史记·李将军列传》,李广赋闲后,常去蓝田山中打猎,一次夜出与人闲饮,返回霸陵(今陕西西安市东北)亭时,霸陵尉醉酒不让李广通过,李广的随从说:"这是故李将军!"那醉了的守备说:"今将军尚不得夜行,何乃故也!"此处庾信借以表明自己仍为梁朝故臣。咸阳布衣:据《史记·春申君列传》,战国时,楚太子完入秦为质,秦国留太子数年,楚顷襄王病,仍不得归。黄歇说秦相应侯:"若不归,则咸阳一布衣耳。"《怨录》载太子完所作《思归歌》:"去千乘之家国,作咸阳之布衣。"思归王子:当时客居长安的梁国王子王孙甚多,有汝南王大封、晋熙王大圜等。

鉴赏

在庾信后期乃至所有的赋作中，最为人们所重视和推崇的是《哀江南赋》，赋题取自《楚辞·招魂》“魂兮归来哀江南”。《周书·庾信传》曰：“信虽位望通显，常有乡关之思，乃作《哀江南赋》以致其意云。”《哀江南赋》前有一篇作者自撰的“序”，长达五百多字，从中可知此赋的主旨是“念王室”“悲身世”，即哀悼萧梁王朝的覆没，感叹自己坎坷多难的遭际。

《哀江南赋·序》概述侯景之乱以来国亡家破、自己“年始二毛，即逢丧乱，藐是流离，至于暮齿”的惨痛经历，表达个人“遂餐周粟”，屈仕西魏的愧疚不安，以及对“百万义师，一朝卷甲”、梁王朝土崩瓦解的深深悲叹。序中充满着“哭”“悲”“流涕”“泣”“泪”“血”“凄怆”“伤心”等情绪强烈的语词，正如作者自己所言，其情感基调乃“不无危苦之词，惟以悲哀为主”。此序语言精警，对偶工巧，用典繁密，作为一篇典范的骈体文，在我国骈文发展史上具有重要地位。

《哀江南赋》正文从追溯庾氏“以世功而为族”的“家风”“世德”开始，回顾“永嘉之乱”举族南迁，“家有直道，人多全节”、人才辈出的盛况，父亲庾肩吾“文词高于甲观，楷模盛于漳滨”的声名，以及自己早岁成才，受朝廷器重，“乃解悬而通籍，遂崇文而会武。居笠毂而掌兵，出兰池而典午。论兵于江汉之君,拭玉于西河之主”的人生辉煌。

赋的中间部分作为主体,分五层叙述梁王朝灭亡的过程。作者先叙梁朝统治者在“五十年中,江表无事”的承平时代,耽于“朝野欢娱,池台钟鼓”“吴歈越吟,荆艳楚舞”的享乐生活,批评朝廷不修武备,崇尚虚谈,“卧刁斗于荥阳,绊龙媒于平乐。宰衡以干戈为儿戏,缙绅以清谈为庙略”,从而为政局的败乱埋下了隐患。第二层颇为详细地描写了“侯景之乱”。赋中痛斥侯景“负其牛羊之力,肆其水草之性”,兴兵叛乱、贻祸华夏、荼毒生灵的暴行,也表达了对梁武帝笼络侯景、终致祸乱的不满。同时,作者以写实的手法,记叙了当时不少史实,如梁临贺王萧正德起初勾结侯景,最终因两人反目而被诛杀;侯景攻破台城后,梁朝诸王、大臣、将领各怀心思,“官守无奔问之人,干戚非平戎之战。陶侃空争米船,顾荣虚摇羽扇”,以致梁军心涣散,无法形成合力,予以救援,终使梁武帝抑郁病亡,简文帝亦被迫饮毒酒而死。赋作对敢于抵抗侯景的将领韦粲、济阳江子一兄弟三人等舍生取义、英勇殉国的行为予以赞扬,而对拥兵自守或畏敌如虎的将领政客予以谴责。第三层写自己于战乱之中,“落帆黄鹤之浦,藏船鹦鹉之洲”,“过漂渚而寄食,托芦中而渡水”,几经周折,投奔江陵梁元帝,受任御史中丞、右卫将军的情状。其中亦言及遵父亲临死时“遗训”,立志为梁撰写史书的愿望,以及对庾氏由“三世而无惭”的高门大族,至已因突发事变,仓皇失据,大节有亏,导致“今七叶而始落”感到痛惜的复杂心情。第四层描写梁元帝萧绎兴兵讨伐侯景,王僧辩率军英勇作战,叛军土崩瓦解,侯景被诛,乃至最终梁王朝“中兴”之梦成空,被西魏破灭的过程。赋中既歌颂了梁元帝的复国之功,也揭露他“沉猜则方逞其欲,藏疾则自矜于己”,“问诸淫昏之鬼,求诸厌劾之巫”,“既言多于忌刻,实志勇而刑残。但坐观于时变,本无情于急难”,唯其心怀私志,性多猜忌,笃信巫术,种种倒行逆施,致使君臣兄弟离心,中兴之业道销。“玉轴扬灰,龙文折柱”,“城崩杞妇之哭,竹染湘妃之泪”,梁朝无法避免彻底覆没的悲剧命运。第五层以极为沉痛的笔触,描述梁亡之后大批官员百姓被掳入魏的悲惨景况:山高水寒,路途艰险,被掳者无论男女老少、贵贱贤愚,被迫忍受种种磨难,带着亡国之痛,离乡背井而西行。此外,作者还尖锐地指出:“若江陵之中否,乃金陵之祸始。虽借人之外力,实萧墙之内起。”诸王的争斗和内耗,才是梁亡的真正原因。

赋作的收束处,作为对开头的照应,再次述及家族历史,以及自己“遭时而北迁”,被迫居留西魏,“逼切危虑,端忧暮齿”的不幸。同时也不忘对“幕府大将军之爱客,丞相平津侯之待士”表示感谢,并表白自己虽受北朝优渥,却依然心系故国之情。

按照马积高先生《赋史》的分析,《哀江南赋》当作于庾信 49 岁至 60 岁之间。此时的庾信不仅饱经沧桑,而且经过相当长时间的积淀和酝酿，能够客观而理性地去思考自己所经历的一切，思考个人与家族的命运，思考梁亡的深刻原因。从作品的宏大篇幅和所涉及的宏阔历史画卷可知，《哀江南赋》绝非一时兴起之作，而是作者长期思考、精心构筑的巨篇。

《哀江南赋》的主旨是"念王室""悲身世"。从"悲身世"的角度看，此赋具有自传的性质，但从赋作的实际叙写看，无论是关于先祖的南迁、家族的兴旺、父亲的显赫，还是自己战乱前的宦途通达、战乱中的颠沛流离、战乱后的仕北不归，都与其所依托的江南政权紧密联系在一起。也就是说，"念王室"才是此赋的主线。作者对家族和身世的叙写，始终没有脱离当时的历史语境，并通过"悲身世"更形象地展现梁亡的历史大画面，充分表现了作者的反思精神和历史意识。

"以赋写史"是《哀江南赋》的重要特点。清人鲍桂星《赋则》卷二曰："其词密丽典雅，而精思足以纬之，灏气足以驱之。上结六代，下开三唐，不止为子山集中压卷。赋中事实须考史传，方能明晰。"倪璠注释此赋，便基本上依据"史传"，逐句展开疏解。根据倪注我们可以看到，赋作对梁朝这段历史进行了全方位的、详尽的展示，不但与正史所载基本吻合，有的内容还可补正史之不足。而更为重要的是，作者乃这段历史的亲历者，写作时又不再有"为君主讳"的顾忌，因而能直陈事实，准确地指出梁亡的根本原因有三：其一是梁武帝耽于承平，不修武备，造成朝野贪图享受、崇尚虚无的社会风气，并利令智昏地招纳侯景，埋下了走向亡国的祸根；其二是侯景乱起，如果上下一心，同仇敌忾，是可以很快平息的，然君臣离心离德，诸王各怀私心，将领游移观望，以致叛军气焰嚣张，局势日益恶化；其三是梁元帝为首兴兵讨逆，侯景被诛之后，亦本有中兴之望，但由于萧绎自私忌刻，志大才疏，见识短浅，缺乏统领各方力量，重新整肃河山的胸襟与能力，更兼长期战乱已动摇了社会根基，故而在西魏军队的铁蹄下，顷刻土崩瓦解，灰飞烟灭了。

孙梅《四六丛话·赋话》有云："《哀江南赋》有《黍离》《麦秀》之感，《哀郢》之赓载也。"如果仅仅是对历史的客观描述，以及对梁亡原因的深刻揭示，那就不过等同于"史传"，而不能称为杰出的文学作品。此赋更高的价值在于，作者强烈的主观情感始终贯穿在宏大的历史叙事之中，那便是如《黍离》《哀郢》一样浓烈的亡国之痛、故国之思。叙侯景之乱，则感叹"见被发于伊川，知百年而为戎"，颇露焦灼之虑；述侯景之败，则欢呼"埋长狄于驹门，斩蚩尤于中翼"，尽显欣喜之意；写元帝之昏聩，则预言"亡吴之岁既穷，入郢之年斯尽"，深怀忧患之感；论梁朝之亡，则诘问"以鹑首而赐秦，天何为而此醉"，直抒哀怨之情；陈故国之思，则表白"灞陵夜猎，犹是故时将军；咸阳布衣，非独思归王子"，抒发乡关之悲。其他如对朝野享乐风习的批评，对抗击叛军义士的褒扬,对武帝、简文帝罹难的哀悼,对被掳入北官民的同情,对自己大节有亏的愧疚,种种复杂的情感,渗透在一个个历史事件的叙述之中,从而使其所展示的历史显得鲜活而具体。正是这种历史的厚重与情感的浓烈相结合,才成就了赋作苍凉顿挫的风格,具有了强烈的艺术感染力。

历来论者对庾信"临难苟免"、仕于敌国的行为颇有微词。考其一生,亏于大节者有二:一为守朱雀航临阵脱逃,一为任职并老死于敌国。如果说朱雀航的溃败,是因为以文人掌军,任非其人,简文帝要负主责的话,那么任职西魏、北周,长期受到北方政权的优待,则虽事出无奈,但毕竟是他自己的选择。这个选择注定了庾信处境的尴尬。唐人丘悦《三国典略》卷三〇六载,周发大军南征,太祖问庾信:"我遣此兵马,缚取湘东、关西作博士,卿以为得不?"他回答说:"必得之,后王勿以为不忠。"身为南人却食周粟,周攻打故国,心属何方?面对太祖的询问,他只能小心翼翼地回答。遍览《庾子山集》,其中多有《谢赵王赉丝布启》《谢滕王赉猪启》之类的启文,与北朝权贵酬酢往来的诗文,以及为这些权贵所作的碑文和墓志。也就是说,为了自己和家人的生存,他必须忍辱含垢,周旋于北朝的达官贵人之间。

南朝虽忠节观念淡薄,但庾家世代习文,家风纯正,为文、立家皆以儒学为根基,因而庾信骨子里是很看重家族声望和个人名节的。正是这种正统的名节观，逼迫他不断拷问自己，对“荣贵两朝”，辱及家族的行为进行近乎残酷的自省，却又不敢过于直白地表达出来。这使他的内心承受着耻辱和矛盾的煎熬，也使《哀江南赋》的叙写显得格外沉郁忧伤。

从体式上看，《哀江南赋》是一篇典范的骈体赋，作者舍弃了他前期赋作中惯用的五、七言诗体句，基本上由四、六言句构成，从而也就不同于前期赋的轻绮华靡，呈现出典雅遒劲的语体风格。至于其语言的精妙老练、对偶的工整多变、用典的繁密奇巧，则是庾信赋的共同特征，故不赘述。

（郭建勋）

庾信生平

与

文学创作年表

【纪　　年】梁武帝天监十二年，北魏宣武帝延昌二年（513）癸巳
【年　　岁】1
【生平经历】庾信出生。父庾肩吾时为宣惠将军晋安王萧纲行参军。
【主要作品】
【相关大事】是年，沈约卒。

【纪　　年】梁武帝天监十四年，北魏宣武帝延昌四年（515）乙未
【年　　岁】3
【生平经历】庾肩吾随萧纲府迁为晋安王云麾将军参军，并兼记室。
【主要作品】
【相关大事】是年，萧统15岁，正月，冠于太极殿，大赦天下。晋安王萧纲13岁，五月从荆州刺史调任江州刺史。刘峻撰《类苑》成。

【纪　　年】梁武帝天监十七年，北魏孝明帝神龟元年（518）戊戌
【年　　岁】6
【生平经历】
【主要作品】
【相关大事】钟嵘撰《诗品》。

【纪　　年】梁武帝天监十八年，北魏孝明帝神龟二年（519）己亥
【年　　岁】7
【生平经历】
【主要作品】
【相关大事】夏，武帝于无碍殿受佛戒。释慧皎撰《高僧传》。

【纪　　年】梁武帝普通二年,北魏孝明帝正光二年(521)辛丑
【年　　岁】9
【生平经历】
【主要作品】
【相关大事】郦道元作《水经注》。

【纪　　年】梁武帝普通四年,北魏孝明帝正光四年(523)癸卯
【年　　岁】11
【生平经历】庾肩吾为晋安王萧纲常侍。
【主要作品】
【相关大事】阮孝绪作《七录》。梁武帝以晋安王萧纲为雍州刺史。

【纪　　年】梁武帝普通五年,北魏孝明帝正光五年(524)甲辰
【年　　岁】12
【生平经历】
【主要作品】
【相关大事】六月,梁武帝以员外散骑常侍元树为平北将军、北青兖二州刺史,率众北伐。

【纪　　年】梁武帝大通元年,北魏孝明帝孝昌三年(527)丁未
【年　　岁】15
【生平经历】庾信射策高第,入东宫,为昭明太子萧统东宫讲读。
【主要作品】
【相关大事】三月,武帝舍身同泰寺,甲戌还宫。是年,郦道元遇害。

【纪　　年】梁武帝大通二年,北魏孝明帝武泰元年、孝庄帝永安元年(528)戊申
【年　　岁】16
【生平经历】

【主要作品】
【相关大事】北魏内乱。

【纪　　年】梁武帝中大通元年,北魏孝庄帝永安二年(529)己酉
【年　　岁】17
【生平经历】
【主要作品】
【相关大事】四月,梁陈庆之攻拔魏梁城。五月,克大梁、虎牢关。秋九月,武帝舍身同泰寺,公卿以下以钱一亿万奉赎。

【纪　　年】梁武帝中大通二年,北魏长广王建明元年(530)庚戌
【年　　岁】18
【生平经历】
【主要作品】
【相关大事】正月,以晋安王萧纲为骠骑大将军、扬州刺史。是年,裴子野卒。

【纪　　年】梁武帝中大通三年,北魏节闵帝普泰元年、安定王中兴元年(531)辛亥
【年　　岁】19
【生平经历】徐陵随萧纲入东宫,为东宫抄撰学士。
【主要作品】
【相关大事】是年,萧统卒,时年31岁。谥号昭明,世称昭明太子。立萧纲为皇太子,入居东宫。刘勰约于本年出家。颜之推生。

【纪　　年】梁武帝中大通四年,北魏孝武帝太昌元年\永兴元年\永熙元年(532)壬子

【年　　岁】20
【生平经历】为萧纲东宫抄撰学士。
【主要作品】
【相关大事】

【纪　　年】梁武帝中大通六年，北魏孝武帝永熙三年，东魏孝静帝天平元年(534)甲寅
【年　　岁】22
【生平经历】时庾肩吾为太子中庶子，徐摛为左卫率，萧纲又开文德省置学士，肩吾子信、摛子陵等充其选。徐氏、庾氏父子皆在东宫，其所作诗文并绮艳，世称“徐庾体”。
【主要作品】
【相关大事】萧纲撰《法宝联璧》成，湘东王萧绎为之序。是年秋，魏孝武帝西奔长安，以宇文泰为丞相秉政。高欢别奉清河王庶子元善见为主，徙都邺城。北魏自是分裂为东、西魏。

【纪　　年】梁武帝大同元年，西魏文帝大统元年，东魏孝静帝天平二年(535)乙卯
【年　　岁】23
【生平经历】庾信出为江州刺史萧续安南府参军。
【主要作品】
【相关大事】是年，庾肩吾为安西将军萧绎录事参军。

【纪　　年】梁武帝大同二年，西魏文帝大统二年，东魏孝静帝天平三年(536)丙辰
【年　　岁】24
【生平经历】
【主要作品】
【相关大事】十月，诏大举北伐。十一月，诏北伐众军班师。十二月，与东魏通和。是年，陶弘景卒。

【纪　　年】梁武帝大同三年，西魏文帝大统三年，东魏孝静帝天平四年(537)丁巳
【年　　岁】25
【生平经历】
【主要作品】有诗《将命至邺》《将命至邺酬祖正员》等。
【相关大事】是年，萧子显卒。

【纪　　年】梁武帝大同五年，西魏文帝大统五年，东魏孝静帝兴和元年(539)己未
【年　　岁】27
【生平经历】庾肩吾为太子舍人。庾信在京都，任通直散骑侍郎。
【主要作品】
【相关大事】刘孝绰卒。

【纪　　年】梁武帝大同八年，西魏文帝大统八年，东魏孝静帝兴和四年(542)壬戌
【年　　岁】30
【生平经历】任郢州别驾使，在江陵。时安成郡刘敬躬起事，庾信参与萧绎讨贼。
【主要作品】
【相关大事】

【纪　　年】梁武帝大同十一年，西魏文帝大统十一年，东魏孝静帝武定三年(545)乙丑
【年　　岁】33
【生平经历】为通直散骑常侍，员外郎。与徐君房出使东魏。其文章辞令甚为邺下称许。返国后为东宫学士、东宫领直。
【主要作品】有诗《将命使北始渡瓜步江》《入彭城馆》《将命至邺酬祖正员》《西门豹庙》等。
【相关大事】

【纪　　年】梁武帝中大同元年,西魏文帝大统十二年,东魏孝静帝武定四年(546)丙寅
【年　　岁】34
【生平经历】仍为东宫学士,领建康令。
【主要作品】有诗《奉和同泰寺浮图》等。
【相关大事】北朝民歌《敕勒歌》作于是年。

【纪　　年】梁武帝太清元年,西魏文帝大统十三年,东魏孝静帝武定五年(547)丁卯
【年　　岁】35
【生平经历】
【主要作品】
【相关大事】正月,东魏丞相、渤海王高欢卒,其子高澄嗣。二月,东魏司徒侯景以河南十三州内属。梁武帝以景为大将军,封河南王,大行台。三月,武帝舍身同泰寺,公卿等以钱一亿万奉赎。高澄遣将慕容绍宗围侯景于长社,景割地求救于西魏,方得解围。八月,梁武帝遣萧渊明率师北伐。十一月,慕容绍宗大败梁军,俘渊明。

【纪　　年】梁武帝太清二年,西魏文帝大统十四年,东魏孝静帝武定六年(548)戊辰
【年　　岁】36
【生平经历】五月,梁武帝遣徐陵等聘东魏,重修旧好。八月侯景反,冬十月,兵临梁都城建康。萧纲命庾信率兵驻朱雀航抵抗。庾信见侯景兵到,弃军走。侯景遂围台城。
【主要作品】
【相关大事】是年,徐陵出使东魏,留魏不得归。侯景立临贺王正德为帝,自任丞相。

【纪　　年】梁武帝太清三年,西魏文帝大统十五年,东魏孝静

帝武定七年(549)己巳

【年　　岁】37

【生平经历】

【主要作品】

【相关大事】梁各镇勤王援军各怀私心,莫有斗志。三月,侯景陷台城。五月,梁武帝萧衍崩,终年86岁。皇太子萧纲继位,是为梁简文帝。

【纪　　年】梁简文帝大宝元年,西魏文帝大统十六年,北齐文宣帝天保元年(550)庚午

【年　　岁】38

【生平经历】简文帝以庾肩吾为度支尚书。秋七月,庾肩吾间道逃奔江陵。庾信于是年冬或次年春逃离建康。

【主要作品】

【相关大事】夏,湘东王萧绎使将军王僧辩攻杀河东王萧誉。誉弟岳阳王萧詧以雍州降西魏。是岁夏五月丙辰,东魏静帝逊位于齐。

【纪　　年】梁简文帝大宝二年,西魏文帝大统十七年,北齐文宣帝天保二年(551)辛未

【年　　岁】39

【生平经历】秋七月,庾信由郢州至江陵,萧绎以为御史中丞。是年,庾肩吾卒。

【主要作品】

【相关大事】三月,侯景悉遣兵西上,破郢州。后,兵败还建康。八月,废简文帝为晋安王,矫诏禅位于豫章嗣王萧栋。冬十月,萧纲为侯景所杀。十一月,侯景篡位。是年徐摛卒。魏收奉诏撰《魏书》。

【纪　　年】梁元帝承圣元年,西魏废帝大统元年,北齐文宣帝天保三年(552)壬申

【年　　岁】40

【生平经历】元帝命庾信为右卫将军，封武康县侯，加散骑侍郎。
【主要作品】
【相关大事】三月，萧绎平定侯景之乱。四月，益州刺史萧纪窃位于蜀。十一月，萧绎即位于江陵，是为梁元帝。

【纪　　年】梁元帝承圣二年，西魏废帝大统二年，北齐文宣帝天保四年(553)癸酉
【年　　岁】41
【生平经历】
【主要作品】
【相关大事】正月，以吏部尚书王褒为尚书右仆射。西魏应梁元帝之请，遣大将尉迟迥袭益州。是年元帝撰《金楼子》十卷成。

【纪　　年】梁元帝承圣三年，西魏恭帝大统元年，北齐文宣帝天保五年(554)甲戌
【年　　岁】42
【生平经历】夏四月，庾信奉命出使西魏，抵长安。适值西魏破江陵，遂被拘不返。魏军大掠江陵，虏数万口为奴婢。魏相宇文泰将所俘庾信妻儿交庾信，从此，与家国永绝，仕于西魏。
【主要作品】是年冬，作《奉和永丰殿下言志十首》。
【相关大事】正月，西魏太师宇文泰废魏帝，立齐王廓，是为恭帝。夏四月，元帝以陈霸先为司空。九月，西魏大举攻梁。十一月，西魏攻破江陵，梁元帝萧绎被俘，后被杀。是年，江陵陷落后，王褒入于北朝。颜之推于江陵被俘，后奔北齐。魏收撰《魏书》成。杨衒之约卒于次年。

【纪　　年】梁敬帝绍泰元年，西魏恭帝二年，北齐文宣帝天保六年(555)乙亥

【年　　岁】43
【生平经历】在长安，进位车骑大将军，仪同三司。
【主要作品】
【相关大事】五月，王僧辩纳萧渊明，即皇帝位，称藩于齐。九月，陈霸先袭杀王僧辩，黜渊明。元帝子方智即皇帝位，是为敬帝，称臣于齐。

【纪　　年】**梁敬帝太平元年，西魏恭帝三年，北齐文宣帝天保七年(556)丙子**
【年　　岁】44
【生平经历】
【主要作品】
【相关大事】十月，魏相宇文泰薨，遗令兄子宇文护辅世子觉为政。十二月丁亥，魏封世子觉为周公。庚子，魏恭帝禅位于周。

【纪　　年】**陈武帝永定元年，北周孝闵帝元年，北齐文宣帝天保八年(557)丁丑**
【年　　岁】45
【生平经历】北周代西魏，封庾信为临清县子，邑五百户。
【主要作品】庾信乡关之思的代表作《和张侍中述怀》《小园赋》《伤心赋》《哀江南赋》等均作于555—557年间。
【相关大事】九月，宇文护废孝闵帝为略阳公，弑之，迎立宇文毓，是为周明帝。十月，陈霸先代梁称帝，南朝陈建立，梁灭亡。

【纪　　年】**陈武帝永定二年，北周明帝二年，北齐文宣帝天保九年(558)戊寅**
【年　　岁】46
【生平经历】
【主要作品】有诗《陪驾终南山和宇文内史》，作《思旧铭》。
【相关大事】三月，齐发兵送梁永嘉王萧庄于江南。庄即皇帝位于郢州。

【纪　　年】陈武帝永定三年，北周明帝武成元年，北齐文宣帝天保十年(559)己卯
【年　　岁】47
【生平经历】
【主要作品】有诗《奉报穷秋寄隐士》。
【相关大事】六月，陈武帝崩。冬十月，齐文宣帝高洋薨，子殷嗣，是为齐废帝。

【纪　　年】陈文帝天嘉元年，北周明帝武成二年，北齐废帝乾明元年(560)庚辰
【年　　岁】48
【生平经历】是年，周明帝立麟趾学，庾信、王褒等同为麟趾学士。
【主要作品】作《枯树赋》《鹤赞》《奉和赵王西京路春旦》《拟连珠四十四首》等。
【相关大事】夏四月，周明帝薨。宇文邕即位，是为周武帝。北齐废高殷为济南王，高演即皇帝位，是为孝昭帝。

【纪　　年】陈文帝天嘉二年，北周武帝保定元年，北齐武成帝太宁元年(561)辛巳
【年　　岁】49
【生平经历】是年，庾信授司水下大夫。
【主要作品】作《三月三日华林园射马赋》。
【相关大事】十一月，齐孝昭帝薨，弟长广王湛代位，是为武成帝。

【纪　　年】陈文帝天嘉三年，北周武帝保定二年，北齐武成帝河清元年(562)壬午
【年　　岁】50

【生平经历】
【主要作品】有诗《别周尚书弘正》《送周尚书弘正二首》《重别周尚书二首》《上益州上柱国赵王二首》《和赵王送峡中军》等。
【相关大事】周弘正自北周还陈。

【纪　　年】陈文帝天嘉四年，北周武帝保定三年，北齐武成帝河清二年(563)癸未
【年　　岁】51
【生平经历】是年，出为弘农郡守。
【主要作品】作《竹杖赋》，《拟咏怀二十七首》中若干首作于弘农郡守任上。
【相关大事】是年，周、陈遣使互聘。

【纪　　年】陈文帝天嘉六年，北周武帝保定五年，北齐后主天统元年(565)乙酉
【年　　岁】53
【生平经历】是年，由弘农郡守任返长安。
【主要作品】作《周柱国楚国公岐州刺史慕容公神道碑》等。
【相关大事】四月，齐武成帝禅位于太子高纬，是为齐后主。阴铿约卒于是年。

【纪　　年】陈文帝天康元年，北周武帝天和元年，北齐后主天统二年(566)丙戌
【年　　岁】54
【生平经历】是年，庾信入襄州总管府。
【主要作品】有诗《就蒲州使君乞酒》《和王内史从驾狩》等。
【相关大事】四月，陈文帝薨，子伯宗嗣，是为陈废帝。五月，陈以徐陵为吏部尚书。

【纪　　年】陈废帝光大元年，北周武帝天和二年，北齐后主天

统三年(567)丁亥
【年　　岁】55
【生平经历】七月,立露门学,置生七十二人。周武帝以萧抝、唐瑾、庾信、王褒四人俱为文学博士。
【主要作品】有诗《送卫王南征》,作《周大将军闻嘉公柳遐墓志》。
【相关大事】六月,陈湘州刺史华皎率众附周,遣襄州总管卫公直将兵援之,遂伐陈。九月,华皎、卫公直军败,皆奔江陵。

【纪　　年】陈废帝光大二年,北周武帝天和三年,北齐后主天统四年(568)戊子
【年　　岁】56
【生平经历】是年,由襄州总管府回长安。
【主要作品】有诗《对宴齐使》等。
【相关大事】十一月,陈安成王顼废伯宗而自立,是为宣帝。

【纪　　年】陈宣帝太建元年,北周武帝天和四年,北齐后主天统五年(569)己丑
【年　　岁】57
【生平经历】
【主要作品】有诗《奉和阐弘二教应诏》,作《象戏赋》等。
【相关大事】

【纪　　年】陈宣帝太建二年,北周武帝天和五年,北齐后主武平元年(570)庚寅
【年　　岁】58
【生平经历】
【主要作品】作《周骠骑大将军开府侯莫陈道生墓志铭》《周大将军义兴公萧公墓志铭》。
【相关大事】

【纪　　年】陈宣帝太建三年，北周武帝天和六年，北齐后主武平二年(571)辛卯

【年　　岁】59

【生平经历】是年，庾信与卢恺并预伐齐之役。

【主要作品】有诗《同卢记室从军》等。

【相关大事】正月，诏柱国、齐国公宪率师御齐斛律明月。三月，攻拔齐于汾北新筑五城。

【纪　　年】陈宣帝太建四年，北周武帝建德元年，北齐后主武平三年(572)壬辰

【年　　岁】60

【生平经历】

【主要作品】有诗《奉和法筵应诏》等。

【相关大事】三月，诛大冢宰晋国公宇文护，大赦，改元。是年，魏收卒。

【纪　　年】陈宣帝太建五年，北周武帝建德二年，北齐后主武平四年(573)癸巳

【年　　岁】61

【生平经历】因六代乐成，庾信之功为多，其迁骠骑大将军、开府仪同三司或在此年。

【主要作品】有诗《寄王琳》等，作《为阎大将军乞致仕表》《贺新乐表》《周柱国大将军大都督同州刺史尔绵永神道碑》《周车骑大将军赠小司空宇文显和墓志铭》等。

【相关大事】十月，六代乐成，帝御崇信殿，集百官以观之。

【纪　　年】陈宣帝太建六年，北周武帝建德三年，北齐后主武平五年(574)甲午

【年　　岁】62

【生平经历】

【主要作品】作《齐王进苍乌表》《和侃法师三绝》《周太子太保步陆逞神道碑》等。

【相关大事】五月丙子，初断佛、道二教，经像悉毁，罢沙门、道士，令还民。是年，周弘正卒。

【纪　　年】陈宣帝太建七年，北周武帝建德四年，北齐后主武平六年(575)乙未

【年　　岁】63

【生平经历】是年底，庾信授司宪中大夫。

【主要作品】作《周柱国大将军纥干弘神道碑》《周大将军崔说神道碑》等。

【相关大事】七月，北周武帝亲率大军伐齐。

【纪　　年】陈宣帝太建八年，北周武帝建德五四年，北齐后主隆化元年(576)丙申

【年　　岁】64

【生平经历】是年，由司宪中大夫转任洛州刺史。

【主要作品】

【相关大事】十月，北周武帝自将伐齐。

【纪　　年】陈宣帝太建九年，北周武帝建德六年，北齐幼主承光元年(577)丁酉

【年　　岁】65

【生平经历】在洛州刺史任。

【主要作品】有诗《奉报洛州》等，作《贺平邺都表》。

【相关大事】正月甲午，武帝入邺城。擒齐后主与太子于青州，北齐亡。

【纪　　年】陈宣帝太建十年，北周武帝宣政元年(578)戊戌

【年　　岁】66

【生平经历】在洛州刺史任。

【主要作品】

【相关大事】三月，北周破陈师，俘其将吴明彻等。六月，北周武

帝崩。太子即位，是为宣帝。宣帝诛齐王宪。十二月，以滕王逌为行军元帅，率众伐陈。

【纪　　年】**陈宣帝太建十一年，北周静帝大象元年(579)己亥**
【年　　岁】67
【生平经历】是年，入朝任司宗中大夫。滕王宇文逌为编全集。年末，以疾去职。
【主要作品】作《贺传位皇太子表》《谢滕王集序启》。
【相关大事】二月，宣帝传位于皇太子衍。

【纪　　年】**陈宣帝太建十二年，北周静帝大象二年(580)庚子**
【年　　岁】68
【生平经历】
【主要作品】有诗《同颜大夫初晴》《奉和赵王喜雨》等。作《周大将军怀德公吴明彻墓志铭》。
【相关大事】是年，北周赵王、越王、代王、滕王等并以谋执政被诛。十月，大丞相、随国公杨坚加大冢宰。

【纪　　年】**陈宣帝太建十三年，隋文帝开皇元年(581)辛丑**
【年　　岁】69
【生平经历】是年秋冬，庾信卒。
【主要作品】
【相关大事】是年，杨坚代北周称帝，北周亡，隋朝建立。顾野王卒。

（慕　池）

图书在版编目(CIP)数据
庾信诗文鉴赏辞典 / 上海辞书出版社文学鉴赏辞典编纂中心编. -- 上海 ：上海辞书出版社，2024.
(中国文学名家名作鉴赏精华). -- ISBN 978-7-5326-6227-2
Ⅰ. I206.392-61
中国国家版本馆 CIP 数据核字第 2024ZP6341 号

庾信诗文鉴赏辞典

上海辞书出版社文学鉴赏辞典编纂中心　编

责任编辑　吴艳萍
装帧设计　姜　明
责任印制　楼微雯

出版发行　上海世纪出版集团
上海辞书出版社®(www.cishu.com.cn)
地　　址　上海市闵行区号景路 159 弄 B 座(邮政编码：201101)
印　　刷　上海盛通时代印刷有限公司
开　　本　889 毫米×1092 毫米　1/32
印　　张　7.5
字　　数　132 000
版　　次　2024 年 7 月第 1 版　2024 年 7 月第 1 次印刷
书　　号　ISBN 978-7-5326-6227-2/I・579
定　　价　68.00 元